「らんべう、はい、あーん」
SSランクのランベールが
三つ子を担いで楽しそうにしている。
Illustration :
Haru Suzukura

セシル文庫

拾ったSSランク冒険者が王弟殿下だった件

～聖職者のキスと三つ子の魔法～

滝沢 晴

イラストレーション／鈴倉 温

◆目次

この作品はフィクションです。
実在の人物・団体・事件などに
一切関係ありません。

拾った SSランク冒険者が王弟殿下だった件

~聖職者のキスと三つ子の魔法~

1

その魔法は、どうしても必要なときだけ使いなさい。習得《しゅうとく》していることをむやみに人に教えてはならない――。

そう師にきつく教えられていた〝人とは少し違う方法の〟治癒《ちゆ》魔法を、まさか最も難度の低い、キノコ採取の仕事《クエスト》で発動するとは思わなかった。

回復・支援系の魔法を得意とする聖職者・アンリは、のどかなはずの森で、大量に出血して意識のない男性を膝に抱いて祈った。

二十代後半くらいだろうか、装備品から察するに、トレジャーハントなどを得意とする冒険者のようだ。しかも荷物についた木札には「ＳＳ」の刻印。この一帯で仕事を紹介してくれる組合「ギルド」登録者の中でもトップランカーの証《あかし》だ。

（こんなのどかな森で、なぜ腹部にこんな大けがを……）

真っ青な顔で目を閉じている男は、美術品のような美しい顔立ちだった。それほど生気がないということでもある。放置すれば、このまま絶命《ぜつめい》するだろう。

「天使のキス《ベゼ・ド・ランジュ》」

アンリはそう唱え、彼の唇に自分の唇を重ねた。

心の中で、師である大司教に謝罪する。

（ごめんなさい、きっと今が『必要なとき』なんです。普通の治癒魔法では間に合わない。目の前で人が死ぬのを見過ごすわけにはいきません……！）

触れた唇がじわりと温かくなり、彼の体内にエネルギーが流れ込んでいく。

（生きろ、生きろ）

その横で、アンリの連れである三つ子の男児が、アンリのまねをして胸元で手を組んでいた。おそろいの金髪を揺らしながらウンウンと懸命に祈っている。一刻を争う事態だと、三歳児ながら感じ取ったのだろう。

頭上では、大きなカラスが一羽、円を描くように飛んでいる。いつのまにかアンリたちに付いてくるようになった。

「ナゼ助ケル、人間ハ面倒ダナ」

モンスターや魔族の血が入っているのか、少し人の言葉を話せる不思議なカラスは、アンリの行動に理解ができないようだった。

「ん……」

『天使のキス』を受けた冒険者の男が、ゆっくりと目を開けた。短く整えた黒髪の間から、アメジストのような紫色の瞳がのぞいた。大量に出血していた腹部の傷は、傷跡すら残っていない。

アンリは聖職者用の白いフードを脱ぎ、男性に問いかけた。

「わあ、よかった。助かったんですね！　お加減はいかがですか？」

アンリは胸の前で手を組んで、神に感謝を捧げると、状況を伝えた。

森の中で腹部から大量の血を流して倒れていたこと、治癒魔法でおそらく全快したこと——。

「そうだ、喉渇いていませんか？　出血していたので水分を——」

水が入った皮袋を取り出そうとした手首を、勢いよく掴まれる。そして、冒険者の男は言った。

「お前……今、キスで瀕死《ひんし》の俺を全回復させたのか……！」

生命力を与える最上級治癒魔法「天使のキス《ベゼ・ド・ランジュ》」の習得は、天使の加護がなければできないと言われている。悪魔の加護を得て特定のエネルギーを奪う「悪魔のキス《ベゼ・ド・ディアブル》」とともに、その習得の難度から「幻の魔法」と呼ばれている。中には存在を信じない人もいるほどだ。

それをアンリができると知られたら、魔法の力を欲した者たちから狙われる可能性があると、これまで隠してきた。

(バレた上に、二十二歳にして初めてのキスも失ってしまった)

地面に置いていた聖職者用の武器・ロッドを拾い上げ、どうしよう、と目を泳がせていると、キラキラと緑の瞳を輝かせてこちらを見上げる三つ子たちと視線が合う。

すると三つ子は、それぞれ顔を見合わせ「せーの」と声を合わせてアンリに手を差し出した。

「はいどーぞっ、ごほうびっ、ワハハ」

代表してジャンが言った。そのぷくぷくとした小さな手には、金色のペンダントが載っている。

「あっ！　勝手に取るな」

冒険者が慌てて取り返そうとする。負傷した部分の服が破れているので、そこから落ちたのだろう。

「オレガ、拾ッタ」

先ほどまで頭上を飛んでいたカラスが三つ子のそばで言った。カラスにしては長い尾を翻《ひるがえ》してふんぞり返っている。三つ子たちがカラスをもみくちゃにして「えらいねえ」と褒めた。

アンリは冒険者に返そうと三つ子からペンダントを預かり、ちらりと見た。

「わ、純金だ……すごい」

精巧《せいこう》な細工《さいく》で、盾の両側に獅子が向かい合うように後ろ足で立ち上がっている。中央には百合《ゆり》の紋章。それに沿うように紫の宝石——アメジストだろうか——がいくつも埋め込まれている。

見覚えのある紋章だった。国事の際に必ず掲げられる旗のそれと同じだからだ。

「こ……これ、テルドアン王家の紋章じゃないか!」

アンリは冒険者を見た。攻防ともにバランスの良い冒険者は、主に宝の発掘を職業としている。もしかして王宮から盗んできたのかも——と思いつつ、彼の紫の瞳がこちらを睨んでいることに気付いた。そして焦っているようにも見える。

(紫の瞳……)

アンリはペンダントに埋められた大粒のアメジストを見た。王族は、紋章に自分の瞳と同色の宝石を埋め込んだペンダントを持つと聞く。つまり、これは盗んだのではなく……。

「まさか王族……」

冒険者は立ち上がって頭をガシガシとかいた。大男とまでは言わないが、かなりの長身で、国内の男性平均より少し低いアンリとは頭一つ分ほど差がある。

「え、どうして、でも木札にはSSランクと……ギルドの登録者なんですよね？」

王族がギルドに登録するなど聞いたことがない。

冒険者はアンリの手からペンダントを奪い取り、舌打ちした。

「こうならないために単独行動していたというのに……俺はランベールだ。おい、お前。名前は」

ランベール、ランベール。アンリの頭の中で、二人の人物像が思い浮かぶ。

一人はアンリも登録している公立ギルドの登録者で、唯一のSSランクである冒険者ランベール。誰とも組まない孤高《ここう》の冒険者として有名だ。

もう一人は、ランベール王弟殿下。現テルドアン国王の末の弟で、二十九歳の若さで騎士経験もある武術の達人。だが人前に出るのを極端に嫌う変わり者で、王族としては珍しく独身を貫いている——。

(まさか、同一人物だったのか?)

アンリは慌ててその場にひざまずく。

「あ、アンリと申します。こちらの三つ子はジャン、リュカ、ノエル……王弟殿下とは知らず、とんだご無礼を——」

「そんなことはいい。アンリ、今いくつだ。小さいのは弟か？　お前の親に連絡を取らねば」

みなしごのため親はおらず、年齢は二十二だと答えると、少し驚かれた。

「成人していたのか、十代かと……」

「すみません、あまり背も伸びなかった上に童顔《どうがん》で……」

なぜか自分の容姿を謝罪してしまう。適当に短くした薄茶の髪に、ヘーゼルの大きな瞳に長いまつげ、そして白い肌――。あらゆる要素がアンリを幼く見せる。さらに眉が垂れ気味なせいで、覇気《はき》などみじんもないことは自覚していた。

「成人しているなら問題ない。俺の秘密を知ったからには覚悟はできているだろうな」

王族とは思えない眼光に、アンリは「ひぇ」と身体を硬直させた。

「俺が目的を果たすまで、しばらく監視させてもらうからな」

（食用キノコ集めに来ただけなのに、どうしてこんなことに！）

このクエストを受けた数日前の出来事を、アンリは思い出していた。

「だめだめ、あんたFランクなのよ？　最低ランク登録者にお願いするクエストは、難度EからGまでよ！」

＋＋＋＋

若くて勢いのある褐色肌《かっしょく》の女性カトリーヌが、カウンターで頬杖をついた。

カトリーヌは、このテルドアン王国サンペリエ地方にある公立ギルドの案内人だ。

公立ギルドとは、腕に覚えのある様々な職種の者たちが登録する組合で、登録者はそこに寄せられた依頼——ここではクエストと呼ばれている——をこなして報酬を得る。いわば仕事の斡旋所《あっせん》だ。

登録者の職業はアンリのような聖職者のほか、剣士、戦士、狩人、魔道士など多岐《たき》にわたり、クエストもモンスター討伐から食糧や資材採取など様々だ。

やっかいなのは、登録者もクエストも〝ランク付け〟がされているところだ。

登録者は実績からSS～Fランクの八階級、クエストの難度はSSS～Gまでの十階級あり、ランクが上がるほどに難度の高いクエストを受託することができるのだ。

聖職者として登録から二年、ずっとFランクのアンリはカトリーヌに泣きついた。

「このままじゃ、この子たちにいつまでも新しい服を買ってあげられないんです。食糧の採取とか低難度クエストの報酬では、宿代と食費で精一杯で……」

アンリの足下には柵《さく》付きの台車。そこには、柔らかなクッションとともに、そっくりな三人の男児が座り込んでいる。付属の紐で引いたり取っ手を掴んで押したりすれば、三人を一度に移動させることができる優れものだ。親切な大工が作ってくれた。

「あのね、これは決まりなの。あんたたちの命を守るためでもあるのよ。難度の高いクエストにエントリーしたかったらパーティーを探すことね」

パーティーとは、登録者最大四人で作るチームのようなものだ。ギルドでも最も高いランクの登録者を基準にクエストを受けることができるので、Fランクのアンリでも、パーティーにAランクがいれば難度の高いクエストに挑戦できる。そうすれば山分けしても今の報酬とは桁《けた》違いだ。

(今日も誰かに頼み込んでみるか……)

アンリはギルド横の食堂で談話している剣士二人組に「パーティーに入れて欲しい」と話しかけた。

「回復薬はどんどん値上がりしているから聖職者は大歓迎だ、もともと人材少ないしな……え？　子連れで？　いやいやいや無理だろ」

やはりいつもと同じように断られる。

「でもいい子で待てます。戦闘中は防御魔法をかけて安全なところに隠しますから」

そう言って、アンリは金髪に緑の瞳の三つ子を紹介する。

ぴょんと跳ねた寝癖頭で、にゃはっと無邪気に笑っているのがジャン、サラサラのストレートで、シラッとした表情でたたずんでいるのがリュカ、ふわふわの猫っ毛で、今にも泣きそうに目をうるうるさせているのがノエル――と。

「防御魔法を使っている間、他の魔法が使えないんじゃ役立たずじゃないか」

「で、できます……防御魔法を展開しながら、治癒魔法……あの、できるので……」

できることはできる――なのに、いざとなると自信がなくなって、主張がしどろもどろになるのがアンリの欠点だった。二人は同時に大声で笑い飛ばす。

「面白い冗談だな兄ちゃん、Fランクだろ？　二つの魔法を同時展開できるのはSランク級だぞ、たとえばあそこにいるエルネストさんくらいだ」

カウンターで十人以上に囲まれている白装束《しろしょうぞく》の青年を指さした。

Sランク聖職者エルネストのことは、アンリも知っている。治癒や支援魔法を駆使《くし》する聖職者ながら、攻撃魔法や魔法薬にも長《た》けているという実力者だ。緩やかなウェーブの金髪に碧眼《へきがん》、まつげの長い中性的な顔立ち――そんな王子様のような外見も手伝って、彼がギルドに現れると、たくさんの登録者が群がる。

「二十二歳だっけ、エルネストさん。華やかな上にSランクだなんて、パーティーにいてくれるだけで自慢できるな」

「兄ちゃんも顔は可愛いから一緒に行動できたら楽しそうなんだけどな、さすがに子連れはだめだ。ごめんな」

ちくり、と胸が痛んだ。

（まただ）

可愛い、可愛いと言われ続け、自分をパーティーに「聖職者」として入れるのではなく、見た目で採用を検討する人が後を絶たないのだ。相手に悪気はないのだが、そのせいで聖職者としての技能はあまり注目されない。

そうですか……と肩を落としつつ、尋ねてみる。

「剣士さまたちは、エルネストさんをパーティーに誘わないんですか？」

二人は無理無理と首を左右に振った。

「エルネストさんは本命がいるんだよ、SSランクのランベールさんと組みたくて仕方がないんだ。でも肝心《かんじん》のランベールさんは、誰とも組まないことで有名だし、超がつく実力者だから仲間なんかいらないんだよ」

「二人が組めば、魔族だって討伐できそうなものなのにな。ランベールさんも美丈夫だから、エルネストさんと組めば絵になるよなあ」

このテルドアン王国を含む各地には魔族が住んでいる。知性の低いモンスターを従え、高度な文明を持っている彼らは、ときに人間と衝突してきた。この百年ほどは互いの損失の大きさから大規模な争いは避けているが、モンスターは時折人間の世界に出現する。それらをクエストなどで討伐依頼されるのだ。

モンスターは登録者が討伐可能だが、魔族を相手にするとなると大規模な武力衝突になるし、国有数の手練《てだ》れを集めなければならなくなるため現実的ではないが、そんなふうに褒められるトップランカーたちをアンリは素直にうらやましいと思った。仲間として請われる実績、そして、仲間を必要としない実力――。

年季の入った白のローブが引っ張られる。犯人はノエルだった。いつも瞳を潤ませて泣きそうなのだが、今は本当に泣いていた。

「あんり……くえすとないの、ノエルたちのせい……？」

リユカとジャンも、しゅんとしてうつむいている。

アンリはしゃがみ込んで、三つ子たちに笑って見せた。

「そんなわけないじゃないか、僕の力が足りてないんだ。もっと頑張るね」

修業先の教会で大司教に厳しく仕込まれたので、それなりにはできると思うのだが、自分の思い込みだったらどうしようという気持ちが先立ち、自信のなさが態度に出てしまう。

アンリはもう一度、エルネストを見た。カウンターで魔法談義する姿は自信に満ちあふれている。きっと大変な修行を乗り越えてきたからだろう。

振り返って自分はどうだろうか。他人と比較したことがなかったが、修行量は足りていたのだろうか──。ギルドに登録してから、そんな不安にずっとさいなまれている。

「午後はキノコ採りのクエストにみんなで行こう」

アンリは三つ子に笑いかけた。

ジャン、リユカ、ノエルはアンリの子ではない。この町にやってきてまもなく、見知らぬ男から預かったのだ。

三人はまだ一歳くらいで、ようやく歩き始めたころだった。

『故郷の母が危篤《きとく》だと知らせを受けたので、戻ってくるまで預かってほしい。あんた聖職者だろ、困っている人を救うのが本来の仕事だろう』

そう頼み込んできた髭面《ひげづら》の男は、なぜか身体も顔も傷や青あざだらけで、げっそりとしていた。そして、突然のことに戸惑っているアンリの返事を聞かぬまま姿を消した。

名前は、三人がそれぞれ首に提げているペリドットらしきペンダントに刻まれていたので分かった。さらに、預かってまもなく〝普通の子〟でないことも――。

お腹がすいたのかノエルが泣いた。するとリュカもつられて泣き始めた。機嫌の良かったジャンも、泣き声に驚いて玩具《おもちゃ》を顔に落としてしまった。

三人の泣き声が揃った瞬間、部屋の荷物や家具が宙を飛び始めたのだ。泣き声がひどくなると衝撃波が生まれ、ガラスが割れた。

アンリは反転防御魔法で三つ子の魔力を外に放出しないよう包み込んだが、部屋は荒れ放題。宿主からしっかり弁償《べんしょう》させられた。父親であろう髭面の男が傷だらけだったことにも合点がいった。

ギルドでも貴重な職種である魔道士は、生まれながらに魔力が高い者しかなれないと聞く。幼い頃から、魔法を習得せずとも物を浮かせたり壊したりするケースは大物になるとも。一歳でこのすさまじい威力を持っているということは、この三つ子は大魔道士にでもなるのではないか――アンリはそう胸を熱くしたのだった。

父親にもそれを伝えようと帰りを待っていたが、数日経っても数週間経っても姿を見せなかった。見ず知らずの人間に、赤ん坊を長期間預けたままにする親なんているのだろうか……と疑問を抱きつつも、ついにアンリの所持金が尽きた。

クエストで稼ごうにも、この魔力を暴走させる三つ子をシッターに預けることができない。そのため「三つ子連れでできるクエスト」が受ける条件になってしまったのだ。

それから二年。アンリはクエストの難度を上げられず、登録者ランクは最低のFランクのまま。報酬も安いので、クエストを一つこなして二、三日食べるのが精一杯だ。

三つ子の迎えはもう来ないだろうし、この魔力では孤児院にも受け入れられないだろう。自分が立派に育てるしかないと腹をくくっている。

三つ子もアンリを親として慕ってくれている。三人でアンリの膝を取り合って喧嘩になるくらいだ。キノコ採りなどの食材クエストなら、手伝ってくれるようになった。泣く回数も減ったので魔力の暴走もほとんどない。

「よし、今日もいいキノコを集めるぞー！」

パーティーへの参加を今日も断られたアンリ一行は、難度Gの「新鮮なエレンギダケを百株採取して王立の食堂に納める」というクエスト達成のために、モンスターのいない森に向かったのだった。

＋＋＋＋

森ではアンリの悲鳴混じりの声が響いていた。

「誰にも言いません、ランベールさん……いやランベール様が王弟殿下だなんて！　僕たち、キノコ採取に来ただけなんです。どうか投獄はお許しください、子どもたちも小さいのできっと分かっていません」

ランベールからの監視宣言に怯《おび》えたアンリは懸命に弁明したが、ランベールは「物わかりが悪いな」と舌打ちをした。

「投獄などしない。今後は監視のために俺に同行してもらう。情報を漏らされては困るから他の登録者との交流も許さない。パーティーも抜けろ、お前はどこに属している」

「入っていません、Ｆランクなので。単独クエストばかりです」

ランベールは一瞬動きを止めて、瞠目《どうもく》する。

「最上級治癒魔法を習得しておいてＦランクだと？」

「あの、あれは普段は封印していて、習得も秘密にしておりますので……」

まあ都合がいいか、とランベールは荷物を担《かつ》ぎ始めた。

「ランベール様、お身体はもう大丈夫なんですか」

「お前のおかげでな。行くぞ」

どこに行くのか、と首をかしげると、不機嫌に答えた。

「ギルドだ」

しかしエレンギダケの採取が終わっていない。そうしなければ今夜の食費もない、と訴えると、ランベールはため息をついた。

「今日から俺のパーティーに入るんだ、食費など必要ない。宿も用意する。逃げ出そうとしたら、本当に投獄するからな」

ひい、とアンリは両手を組んで、神に祈った。

（これが夢でありますように、早く目を覚ましますように！）

夢は覚めることなく、アンリたちはランベールとともにギルドに到着した。

逃げ出さないようにと、アンリはランベールに手首を掴まれている。そのアンリは三つ子を乗せた台車を引いているので、異様な光景だった。

ただでさえSSランクの登録者が現れたら目立つのに、Fランクの聖職者と三つ子連れとあって、その場にいた十数人は好奇の目をこちらに向ける。

ランベールは案内人カトリーヌのいるカウンターにまっすぐ向かい、一枚紙を提出した。

「パーティーの申請《しんせい》だ。俺とこいつ」

ざわついていたギルドが突如静まりかえった。

（ああ、ほら、Fランクの僕なんかをパーティーに入れようとするから……！）

ランベールに手首を掴まれたままのアンリは、いたたまれず目を閉じた。

カトリーヌも一瞬言葉に詰まっていたようだが、ランベールに尋ねる。

「ランベール、あなたあれほど『他人は信じない』ってパーティーを嫌がってたのに……。しかもSSランクとFランクの組み合わせなんて聞いたことないけど、本当にいいの？」

「別に違反じゃないだろう。こいつが俺から離れなければそれでいい」

ガタン、とロッドを床に取り落としたのはSランク聖職者のエルネストだった。

「それ、どういう意味なんだい、ランベール」

エルネストは上等そうなローブのフードを脱いで、ランベールに詰め寄った。

「単独行動を貫くからって私とのパーティーも拒否したのに、どうして今さら組むんだい？　しかもこの人、Fランクじゃないか」

アンリは心の中で何度もごめんなさいと謝った。異様な雰囲気を察したのか、三つ子も肩を寄せ合って小さくなっている。

ランベールがパーティーを組まないことも有名だったし、みんなの憧れであるエルネストが、ランベールと組みたがっていたことも知っている。ランベール側の事情が言えないとはいえ、Fランクの同業者がランベールとパーティーを組むことは、彼にとって屈辱的なことだろう。

詰め寄るエルネストに袖を掴まれたランベールは顔をしかめた。

「うるさいな、こいつは特別なんだよ。そもそも誰だお前」

エルネストの顔がみるみる赤くなり、そのままギルドの扉を蹴って、外に飛び出して行った。彼の取り巻きらしき男がロッドを拾って追いかけた。

静まりかえった中で、誰かがぽつりと言った。

「パーティーの諍《いさか》いというより、痴情《ちじょう》のもつれみたい」

その責任は他人に無関心かつ言葉足らずのランベールにあると、アンリは思うのだった。

「宿も俺の隣室を押さえたから、お前の荷物をまとめに行くぞ」

また意味深な台詞を吐いたせいで、ギルドが静まりかえる。そんなことお構いなしにランベールは、アンリたちを連れて外に出た。

町中はいつになく花であふれている。近く行われる聖月祭に、国民から人気を集めている宰相《さいしょう》が貴賓《きひん》として参加するらしく、彼を出迎える準備が進んでいた。


連行された新しい宿を見上げて、アンリは大口を開けた。豪商《ごうしょう》などが宿泊する高級宿だったからだ。宿泊料も、普段利用している宿の二十倍はするかもしれない。

通常、クエストで稼《かせ》いでる者たちは一つのギルドにとどまらないため、宿屋に数ヶ月から一年ほど長期連泊する。同じ場所に長くいてもクエストが変わり映えしないため、修行としての効率が良くないからだ。全体の一割ほどは、その土地を気に入って定住する者もいるが。

ランベールもこの豪奢な宿に連泊しているようだった。さらにアンリたちの部屋も用意するというのだから、クエストでどれほど稼いでいるのだろう――と想像したところで、彼が王弟だったことを思い出す。

（そうだよな、王族だもんな。別に稼がなくても泊まるお金くらいあるよな）

案内された部屋に、アンリはさらに驚愕してしまう。リビング、ベッドルーム、バスルームと三部屋に分かれていたからだ。ベッドルームも大きなふかふかのベッドが二台並んでいる。

いつもは当然のごとく、一部屋にベッドと机が一つずつあるだけ。一つのベッドに自分と三つ子でひしめき合って眠る。トイレは共同、風呂など宿屋内には一つもない。そもそも貴重な水が一度に大量に必要になる風呂は富の象徴だ。庶民は数日に一度公衆サウナに行く程度なのだから。

「わあああ、ひろいっ、じゃんぷできるぞ、じゃんぷ！　ワハハ」

寝癖をつけたジャンが、大きなベッドに乗って飛び跳ねる。リュカもスンとした表情のままそれに続き、隣のベッドで跳ね始めた。

「の、ノエルのじゃんぷすうところないぃ、ふわわわわぁ」

泣き虫のノエルがアンリの脚にしがみついて、案の定泣き始めた。

「こらこら、ジャン、リュカ、暴れたらだめだよ」

アンリは注意をしながらノエルを抱き上げて、涙を拭ってやる。

背後から、アンリの荷物を運んできた宿屋の下男たちが到着し、侍女が頭を下げた。

「お風呂は毎日何時ごろお湯をご用意いたしましょうか」

「えっ、毎日?」

驚愕だった。お金持ちは毎日、自分の思う時間に自由に風呂に入れるのだと思い知る。自分が夜の七時と言えば、その時間に毎日温かい湯がバスタブにたっぷりと用意されるのだ。

分不相応な部屋に恐縮しつつも、これは嬉しい申し出だった。

子どもは汗っかきなので、できれば毎日清潔にしてあげたい。公衆サウナに行けない日も、宿に湯をもらって清拭《せいしき》はしているが、冬場などは三人分をこなしているうちにすっかり桶《おけ》の湯が冷めてしまい、寒かったからだ。

この部屋のバスタブなら三つ子を一度に風呂に入れられるし、混雑した公衆サウナで迷子を心配することもない。

（今夜だけは……甘えよう！）

さっそく今夜のお湯の準備を頼んでいると、ランベールがノックもせずに入室してきた。

「夕食をとりながら話そう」

ランベールは侍女に、今夜はこの部屋に夕食を五人分運ぶように指示すると、一時間もせずにリビングのテーブルに運び込まれた。

「ひぇええええん、おかねもちごはん～！」

ノエルが驚いて泣いている。その気持ちが、アンリにはよく分かった。

これまでスープとパンと豆の煮込み……など質素な食事ばかりだったのに、突然目の前にごちそうが並んだからだ。

温かいスープ、みずみずしい野菜のサラダと何種類ものドレッシングやオイル、多種多様な焼きたてパン、海の幸《さち》に山の幸――どれも一流の食器に美しく盛り付けられている。

給仕も驚くほど親切で、三つ子たちの胸元にナプキンを優しくかけてくれた。

いつも大衆食堂で、テーブルに乱暴に配膳《はいぜん》され「混んでるんだからさっさと食べな」と言われ慣れているアンリたちにとっては、信じられない待遇《たいぐう》だ。口数の少ないリュカが震えながら「やさしい……」と漏らしてしまうほどに。

硬直したり泣いたりしているアンリたちに、ランベールが「どうした」と声をかける。

ジャンがよだれを垂らしながら、太陽のようににゃはーっと笑った。

「これっ、おれっ、たべていいの？　おかねないけどっ？」

「もちろんだ、好きなだけ」

ランベールがうなずくと、三つ子たちがきゃーっと歓声を上げながら、スプーンを持った。

「こらこら、お祈りが先だよ」

三人は食前の祈りを十倍速で済ませて、料理に手を付けた。ちらりとランベールを見ると、彼は祈るそぶりを全く見せないままスープを啜《すす》った。テルドアン王家なら、もれなく聖ルイス教会の敬虔《けいけん》な信徒であるはずなのだが……。

国民のほとんどは国教である聖ルイス教会の信徒だ。アンリたち聖職者もその各教会で育成される。聖職者は本来は各地旅をしながら教会の教えを広めるのが仕事だった。

ほぼ国内に布教が完了した今は、教会の少ない地域を回ってその手伝いをする役目を担っているが、その路銀《ろぎん》稼ぎのためにギルドにも通っているのだ。

「アンリはどこの教会で修行した」

「モンベルサルトル教会です」

ランベールが顔を上げた。

「あの島の教会か」

彼が驚くのも無理はない。モンベルサルトル教会は別名〝海に浮かぶ教会〟と呼ばれていて、干潮《かんちょう》のときだけ海底に道が現れ、王都から徒歩で渡る――という人があまり行きたがらない教会だからだ。

さらに大司教は変わり者で、みなしごを受け入れて育てているが聖職者にしないことで有名だった。そのため腕の立つ聖職者――たとえばSランクのエルネストのような――を輩出《はいしゅつ》するような名門ではないのだ。

「『天使のキス《ベゼ・ド・ランジュ》』を習得しているから有名どころの出身かと思ったが」

「モンベルサルトル教会は基本聖職者を育てませんが、天使の『加護つき』が出たときだけ修行させるんです」

アンリの短い説明で「そういうことか」とランベールはすぐに理解した。

『天使のキス《ベゼ・ド・ランジュ》』の事情を知らない者は、それを「熟練《じゅくれん》の聖職者が天使の加護を得て習得する魔法」だと思っているが、実は〝天使の加護を得た者だけが、厳しい修行を経て習得できる魔法〟なのだ。

「天使の加護は五歳までに発現しますので、僕の教会では教育は六歳から始まります」

「なるほど。発現した者は聖職者の、しなかった者は一般の教育――ということか」

アンリはうなずいて、説明を加えた。

「発現しなくても、強く希望する子どもは聖職者の教育を受けます。全員を聖職者にしないのは選別ではなくて『子どもそれぞれに道を選ぶ権利があるから』と大司教は言っていました」

ふーん、と分かったような分かっていないような返事をして、ランベールはまた皿に視線を戻した。さすが王族、食べ方も一流で全く音を立てない。

向かいで皿にかぶりついている三つ子を見ながら、アンリはマナーも教えなければと思ったのだった。食べさせるのに必死で、思い至らなかった。

「あんりっ、たくさんごはんあるねっ」

アンリの視線に気付いたジャンが、にゃはっと笑って見せた。その口元についたパンくずを拭いてあげながら返事をする。

「今日だけお言葉に甘えようね」

その言葉に、ランベールがぴくりと眉を動かした。

「何を言っている、これから毎日食べられるぞ」

「そういうわけにはいきません。やはり僕はあなたと組めません。明日、ギルドで申請を取り消してきます。ランベール殿下がなぜ冒険者をしているのかは詮索《せんさく》しませんし、この秘密は誰にも言わないと神に誓います」

聖職者が「神に誓う」と口にするのは、最も重い意味を持つ。それできっと許してもらえるだろう――と思ったアンリが甘かった。

「その誓いとやらは、何の価値もない。俺は神も人間も信じないからだ」

その言葉が、聖職者であるアンリにはずしりと響いた。

何度訴えても、パーティーの解消は許してもらえなかった。

「貧しい宿屋暮らしから脱却できるというのに、何の支障がある？　俺とパーティーを組めば安全だし、報酬だって跳ね上がる」

支障がありすぎる、とアンリは心の中で呟いた。SSランクとFランクの登録者では、あまりにも不釣り合いだし、そのせいで変な注目を浴びても困るのだ。その後、誰もアンリと組んでくれなくなる可能性だってある。

「安全といっても、難度の低いエリアで瀕死《ひんし》になってたじゃないですか」

そういえば、致命傷《ちめいしょう》を受けたいきさつを聞いていない。SSランクのランベールが、一般人でも倒せるようなモンスターしか出ない一帯で大けがをするなど普通は考えられない。仲間割れでも起きたと言われるほうが納得できる。

「あれは……自分でも分からないんだ。G難度エリアだからといって油断していたせいもあるが、突然後ろから攻撃されて、反撃しようと振り向いたら姿がなかった。不意打ちされたことだけしか覚えていない」

先ほどまで尊大だったランベールが、不思議そうに首をかしげていた。

話し合いはデザートを食べ終えるまで平行線をたどり、明日また話し合うことになった。

食事中に、お願いしたようにバスタブに湯が張られていた。

リュカがその湯に指先をつけて、アンリを振り返った。

「あったかいみずたまり？」

サウナと清拭でしか身を清めたことのないリュカが、頬を赤らめている。

「これはね、お風呂だよ。お湯に浸かって身体を温めるんだ。三人で入ろう」

するとノエルが泣き出した。

「ふぇええ、こわい～！　あんりも、あんりもいっしょ、いっしょにぃ！」

バスタブが広いので、自分も一緒に入って大丈夫だろうが、侍女の前で裸になるのは少し恥ずかしい。

「では私は寝室でお待ちしますので、お子様がたの入浴が終わったらお呼びください」

察した侍女の言葉に甘えて、アンリはボロボロのローブや肌着を脱いで、先に湯船に浸かった。湯船の中から、裸になった三つ子たちを一人ずつ中に入れる。

「あんり、あったかいねえ」

湯船に浸かって感動したノエルが、アンリに抱きついた。するとリュカもジャンも競うようにアンリに抱きつく。

アンリは育てられたモンベルサルトル教会のことを思い出した。

そこで育てられるみなしごたちは、週に一度大浴場で一斉に汗を流す。たまに大司教も一緒に入ってくれた。みんな、広い湯船なのに大司教にひっつきたくてぎゅうぎゅうになっていたものだ。

ぽかぽかの湯船で、アンリと三つ子は身体を温めた。

「気持ちいいね」

三つ子たちがうんうんとうなずいて、あまりの気持ちよさに「ふぁ～」と声を揃えた。

すると浴室に満たされた湯気《ゆげ》がダイヤモンドダストのようにきらきらと輝き出す。そして浴室のタイルから、ポン、ポンと色とりどりの花が咲き始めた。

「おっ、三人ともご機嫌だね」

三つ子たちがその輝きと花にきゃっきゃと声を上げている。三人同時に泣くと、物が飛んだり衝撃波が出たりするが、一方で心地よい感情が揃うと、このような現象が起きる。

タイルから咲いた花を手折《たお》って、湯船に浮かべたアンリは「おゆ、ざばして～」と無邪気に自分を見上げる三つ子たちに、花びらの浮いた湯を優しくかけてやった。

そんなときの三人の反応はバラバラで、リュカは案の定、無表情で頬を赤らめ、ジャンはふざけて口を開け、湯を飲もうとする。ノエルは湯が温かいという理由で感動して泣いている。

キラキラの金髪に、エメラルドのような瞳、白い肌――。とてもそっくりな三つ子なのに、二年育ててきたアンリには三人がまったく別人に見えるのだった。

（リュカ、ジャン、ノエルはいったいどんな大人になるんだろう）

この魔力で大魔道士になるのか、それとも魔法薬で人助けをするのか、魔法とはまったく関係のない己の夢に突き進むのか……。

父親が三つ子を迎えに来る可能性は、おそらくあまりない。体よく捨てられたのかもしれないし、父親が道中で不慮の事故に遭ったのかもしれない。唯一分かるのは、彼らにはもう自分しかいない、ということだった。

（ひとまずギルドでたくさん稼いで、三人にまともな暮らしをさせるぞ）

アンリはぐっと拳を握り、心に誓うのだった。

風呂から上がると、侍女たちが三人を拭いて寝間着を着せてくれた。

「みんなおいで、ペンダントをつけるよ」

白いワンピースの寝間着を着せてもらった三人が、ドタドタとアンリの足下に集まる。

「間違エルナヨ」

コートハンガーを止まり木がわりにしているカラスが、お節介《せっかい》を焼いてくる。

「間違えないよ、それぞれちゃんと名前が刻まれているから」

三人が四六時中首から提げているペンダントを、アンリがそれぞれにつけてやった。細い革紐の先についた黄緑の石は、親指の爪くらいのサイズで、よく見ると金糸のような内包物《ないほうぶつ》があり、陽光が当たるとキラキラと反射する。石はおそらくペリドットだろう。

「まあ、カラスがおしゃべりを！」

侍女たちが驚いているので、モンスターとカラスの混血らしく言葉は話せるが無害であることを伝えた。すると、侍女の一人が気になることを口にした。

「申し訳ありません。最近、安全だった場所にもモンスターが出たりするので、過剰《かじょう》に反応してしまいました」

どういうことか尋ねると、侍女が言った。

モンスターが、出現しないと言われていた場所にも現れるようになったこと。それによって怪我をする人が続出していること。この地域には珍しい種が現れていること――。

ランベールが瀕死の重傷を負ったのも、それが原因だろうか。

（想定外のモンスターの出現……住み処《か》を追われたモンスターが移動してきたのかな）

実力者のランベールが致命傷を負うほどなので、かなり強力な種に違いない。その近くで三つ子たちとのんびりとキノコ採取をしていたと思うと、ぞっとした。

今後はクエストの安全性の確認をした上で、もし遭遇したらすぐに逃げられるようにいつも以上に手筈《てはず》を整えなければ、と覚悟を決めたのだった。

翌朝、朝食は包んでもらい、ランベールに気付かれないよう宿屋を後にした。

「らんべうとけんかしたの？」

三つ子を乗せた台車からノエルが涙目で心配してくれるが、アンリは「もともと一晩お世話になっただけなんだよ」と説明して公立ギルドに向かった。

ギルドの案内人カトリーヌが「あら」と目を丸くしていた。

「今日は単独？　ランベールとならお望みの高難度クエストを依頼してあげられるけど」

「あれはランベールさま……さんが混乱していただけで。本当に組めるわけありませんから」

そう首を左右に振って、今日も最低難度のキノコ採取を引き受けた。念のため、ランベールが大けがをしたエリアを避けて。

背後から、明るい男性の声がした。

「そうだよね？　驚いてしまったよ。昨日のランベール、変だったよね」

振り向くと、白いローブの青年——エルネストが満面の笑みを浮かべて立っていた。

昨日の無礼をわびたいと、クエスト出立前にドリンクをおごってもらうことになった。

断っても食い下がるので、仕方なくこのギルド名物の木イチゴジュースをごちそうになる。

三つ子たちはギルドに飲めるものがないので、近くの商店から牛乳を買って与えた。

「昨日は本当にすまなかったね、ランベールとどうしても組みたくて、君のことを蔑《さげす》んでしまって……本心じゃなかったんだ」

公立ギルドに隣接する食堂のカウンターで、エルネストは申し訳なさそうにうつむいた。

ランベールと組むアンリがFランクであると言及したことを気にしているようだ。

「気にしないでください、僕がFランクなのは事実なので」

「みんなスタートはFからだよ、きっとすぐ上がれるさ……ああ飲み物ができたみたいだね、もらってくる」

エルネストは立ち上がって、マスターから二人分のドリンクをもらってきてくれた。給仕係に任せず、自《みずか》ら受け取り行く姿は、まさに聖職者の鑑《かがみ》だとアンリは思った。

（こんなに立派な人だから、きっと聖職者としてSランクにまでなれるんだろうな）

「はい、木イチゴジュース。私もこのギルドではこれが好きなんだ」

聖職者は婚姻《こんいん》や祭祀《さいし》など特別な場面でしか酒を飲まない。そのため、ギルドの登録者を対象とした店では、聖職者向けに酒以外のドリンクメニューが豊富なのだ。

アンリはその日その日をしのぐのが精一杯の収入なので、ギルドで自分のドリンクなど頼んだことがなかったが、確かに美味だった。

「わあ……！　甘酸っぱくて美味しいですね」

「これを飲むと元気が出るよ、たまに声かけて。一緒に飲もう」

エルネストも木イチゴジュースを飲みながら、にっこりと微笑んだ。ギルドの登録者が噂するように、顔立ちも美しく、自信に満ちあふれて華やかな青年だと思った。香水なのか華やかな香りまでする。さすがはSランク、着ているローブも一級品で、細部までデザインが凝《こ》っている。カウンターに立てかけたロッドも、最新のデザインだ。

三年、同じローブを繕《つくろ》いながら着続ける自分が惨《みじ》めに思える。ロッドは立派ではあるが、大司教から受け継いだ年季《ねんき》もので、デザインはよく言えば伝統的、悪く言えば古めかしい。

普段はあまり人目など気にしないが、今日は同じ聖職者と並んでいるからか、目につくすり切れたローブの裾や、使い込まれたロッドを隠しながら、ドリンクをごちそうになった。

「パーティーは紹介できると思うから相談して。私がSランクだからって遠慮することはないよ。最近は高貴な方とも交流を持つようになったけれど、今はまだ、ただの登録者に過ぎないから。気軽に話しかけて」

エルネストはそう言って、クエストに向かうアンリたちを見送ってくれた。

手を振って別れたが、人なつっこいジャンが珍しく黙り込んで手を振らなかった。

「どうしたのジャン。珍しいね」

「……おれ、あいつきらいっ」

「そうなんだね、でも好きになる必要もないから。心は自由でいいんだよ」

アンリが台車を引きつつ、みんなで目的地に向かった。

今日のクエストは薬師の依頼で、テンノミダケという催眠《さいみん》効果のあるキノコ百株の採取だった。最近需要が高まっているのか、よくテンノミダケの依頼が増えていた。

森の入り口に到着して、木陰に台車を置くと、三つ子たちを一人一人降ろす。ふわりとカラスが飛んで来て、アンリの肩に止まった。

アンリはそばで自生していたテンノミダケを一つ採って、三つ子たちに見せる。

「じゃあみんなでこのテンノミダケを探します～！　僕から離れたらだめだよ、いいね」

三つ子たちは元気に「は～い」と返事をして、手慣れた様子でテンノミダケを採取し始める。たくさん自生《じせい》しているようなので、森の奥には入らずに済みそうだが、アンリは念のためロッドで地面を三度叩いて、広域防御魔法を展開した。

虹色の膜がアンリたちを中心に半球状に広がる。これで中の三つ子たちはこの膜から出られないし、中級モンスター程度の外敵は中に入ることができない。

カラスがあたりをキョロキョロと見回して、こう評価してくれた。

「ウム、悪クナイ」

アンリは吹き出してカラスに礼を伝える。

「あはは！　光栄です」

最低難度のエリアで大げさな術かとは思ったが、不測の事態が起きてからでは遅い——とアンリは知っている。

三歳のとき、洪水《こうずい》被害で両親も幼なじみもふるさとも全て失った。その原因の一つが、「洪水なんて起きない」という村の油断だったと後に文献で知る。川の氾濫《はんらん》対策も後回しとなり、村人は避難すべきタイミングが分からないまま被害に遭ったという。

村で生き残ったのはアンリただ一人。その境遇を哀れんで神が天使の加護を与えたのか、もともと加護があったからこそ一人生き残ったのかは、今となっては分からない。その後、モンベルサルトル教会に引き取られ、温かい環境の中で育ち、その加護を見いだされたからこそ今があるのだが——。

カラスが高い位置からテンノミダケの群生場所を見つけてくれたおかげで、目標の百株を達成し、みんなで喜んでいた直後のことだった。

ズン、ズン……と断続的な地響きがする。カラスが空から状況を確認すると、アンリの肩に戻ってきた。

「囲マレテルゾ、ゴーレム三体」

「ゴーレム！　なんでこんなところに？」

アンリは悲鳴に近い声で言った。

ゴーレムは別名「土の巨人」と呼ばれるモンスターで、丈は人間の五倍ほどあり、重さはさらに上をいく。ゴーレムが出現するエリアのクエストは難度A。通常、キノコ採取のエリアに現れるモンスターではない。

アンリは木陰から防御魔法の外側に立つゴーレムを観察する。

防御魔法に阻まれてうろうろとしているようだ。

ゴーレムは性格が比較的穏やかで動きも鈍《にぶ》いため、遭遇したら踏み潰されないよう逃げ切るほうが得策だが、三体に囲まれているとなると、三つ子連れで逃げるリスクは高い。

「広域防御魔法の陣の中で、彼らに諦めてもらうまで待つしかないかな」

アンリは使い込まれたロッドを天にかざし、支援魔法の一種で雨雲を呼んだ。土属性のモンスターは水に弱いため、雨を降らせて早めに退散させようと目論《もくろ》んだのだ。

上空に雨雲が集まり、雨が降り始める。防御魔法のおかげでアンリたちは濡れずに済むが、ゴーレムたちは動きが明らかに衰え始めた。

そんな様子をカラスがチラリと見て、まるで人間のようにため息をつく。

「魔法ヲ同時展開デキルノニ、ナゼFランクナンダカ……」

自信なさそうに主張するので、周囲は信じてくれないが、アンリは複数の魔法を同時展開できるレベルに達している。本来ならSランク級だ。ただ、自信のなさと子連れという環境のせいで、その実力を見せるチャンスすら与えられないのだ。

「おっしゃる通りです……早くランク上げをしなきゃね。ひとまずゴーレムが雨で逃げてくれるまで木の陰に――」

そう言いかけた時、ガクンと地面が大きく揺れた。アンリの防御魔法の膜を、ゴーレムが破壊しようと激しく殴打しているのだ。

「おっとりした性格のゴーレムが、なぜ凶暴に……」

防御魔法の膜がゴーレムから物理攻撃を受けるたびにゴウン、ゴウンと空気が揺れ、三つ子たちが悲鳴を上げる。びえっと泣き出したのはノエルだった。リュカも目を赤くし、いつもニコニコのジャンもぎゅっと目を閉じて怯えている。

揃って大泣きされたら防御魔法の内側で三つ子の魔力が暴走してしまう。

（やばい！）

「ノエル、リュカ、ジャン！　大丈夫だよ、音が大きいだけで心配ないから。ねっ？　みんなで手遊びして待っていよう？」

懸命になだめるが、ついにリュカも「おと、うるさい」と泣き出してしまった。それを見た最後の砦ジャンが口を縦に開けてショックを受けて、震えている。

カラスが三つ子の中央に飛び降りて、それぞれをくちばしでつつく。

「オマエラッ、ナクナ！　ソレデモ偉大ナル――」

そう言いかけた瞬間だった。

空がぱっと明るくなる。見上げると雨雲の中央にぽっかりと大きな穴が空いていた。

その穴から閃光《せんこう》がまっすぐ地上に伸び、一体のゴーレムの肩を照らした――正確には、ゴーレムの肩に飛び乗った人影を照らした。長い手足、装備の上からでも分かるほどの鍛えられた体、そして黒髪の間で光るアメジスト色の瞳――。

「ランベールさん！」

天からの光を吸収してマグマのような色をした剣を、ランベールが振りかざし、ゴーレムを袈裟《けさ》懸《が》けに斬りつけ、真っ二つにしてしまう。轟音とともに倒れたゴーレムは、そのまま土に戻る。

ゴーレムの土塊の上に、ランベールが降り立ち、鋼色に戻っていた剣を鞘《さや》に戻した。

意識を切り替えるようにふっと息を吐いて、ゆっくりとこちらを振り向く姿は、秘宝を探す冒険者というより、英雄のようだった。

その様子を見た二体のゴーレムが逃げて行く。

真正面からぶつかると命が危ういと言われるゴーレムを一撃で屠《ほふ》った実力に、アンリは戦慄した。

「これが……SSランクの力……」

アンリの魔法で降り続けていた小雨が、日の光を反射してランベールの周りできらきらと輝く。おとぎ話に出てくる英雄の姿絵を見ているような気分になったのだった。

防御魔法を解除して雨を止めると、ランベールがこちらにずんずんと向かってくる。

「あ、あの……助けてくださってありが――」

アンリが礼を言い終える前に、ランベールがおかんむりでアンリに指を突きつけた。

「おい、どういうことだ！　なぜ宿を抜け出して勝手にクエストに出た？　何が不満だった、部屋が狭かったのか？　食事が合わなかったのか？」

三つ子を抱きしめていたアンリの額を、ランベールが人差し指で何度も突く。

「あっ、痛っ、ご、ごめんなさい……違うんです、僕はやっぱりあなたとパーティーを組むべきではないと……」

「そんなのは俺が決めることだ」

（僕の意志は？）

ランベールの返しに思わず心の中で反論するが、額を何度も突かれてそれどころではない。

三つ子たちが、アンリを庇おうとしているのかランベールの脚にしがみつく。

「ふわぁあああん、アンリをいじめないでぇえ！」

「あんりわるくないぞっ、このっ、このっ」

「……あんりを……はなして……」

三つ子に取り囲まれたランベールが「助けてやったのに」とむっとした表情を浮かべる。脚にしがみついた三つ子を放置したまま、ランベールはゴーレムの暴れた跡などを見つめた。

「しかし、報告とずいぶん違ってきたな。こう頻繁にイレギュラーなモンスターが出るようになれば、場合によっては死人が増えるな……」

報告とは、とアンリが尋ねると、ランベールは頭をがしがしとかいて応じた。

「昨年の冬から、このサンペリエ地方に生息していないモンスターがごくまれに出る、と報告があって、俺が冒険者に扮《ふん》して調査に来ている。関係ないかもしれないが、複数の貴族が同時期にこの地域を旅先にしているという情報もあるんだ……」

騎士団や軍を動かすと国民に不安が広がるので、確度の低い情報では動かせない。そのため王弟で腕に覚えのあるランベールが遊撃隊《ゆうげきたい》のような仕事をしていると教えてくれた。

聞けば、ボルボラ火山に棲みついたフレアドラゴン退治や、人間を仲間に変えてしまう吸血鬼の討伐など、公立ギルドの手には負えない問題を解決してきたのだという。

「でも、王弟殿下としての政務もおありでしょう」

「だから俺は、表向きには〝気難しい変わり者〟という設定なんだ。公務もほとんどは欠席。顔も知られていないおかげで動きやすい」

王族は行事や公務で国民の前に出ることが多いが、確かに末の王弟殿下は名前だけしか知られていない。他の王族は肖像画が出回ったり、美形だなんだと噂が広まったりしているというのに。

「だから今、お前から俺の正体が広まると非常にまずい。俺と行動を共に出来ないなら、この案件の片が付くまで俺の城に軟禁《なんきん》させてもらう」

「な、軟禁！　そんな横暴な」

抗議するアンリを、ランベールが威圧的にのぞき込んできた。

「横暴も何も、俺がここにいるのは王命なんだ。王命の妨げになる者を軟禁するのだから、筋は通っているんだよ」

しかし、とまだ抗弁しようとしているアンリの肩にカラスが止まり、ささやいた。

「子ドモタチノ安全ノタメニモ、一緒ニイタホウガヨイカモシレヌ」

カラスの知能がかなり高いことに驚きつつも、その提案にはアンリも一理《いちり》あると思った。

この難度Gのキノコ採取にゴーレムが出るような事態では、簡単にクエストには出られないし、かといって蓄《たくわ》えが豊富なわけでもない。さらに、子連れという条件では他のパーティーに入れてもらうのも難しい。

三つ子にわちゃわちゃと取り囲まれるランベールを見る。あのゴーレムを倒しておきながら、汗一つかいていない。ランクが意味を成さないほどの実力者だ。

（軟禁されるよりも、ランベール殿下に守ってもらいながらクエストに臨《のぞ》むのが、最適解か……）

アンリはランベールの脚にしがみつく三つ子たちを呼び寄せ、改めて彼を見上げた。

「……分かりました、ランベールさま、僕をあなたのパーティーに入れてください。ただし常時子連れです。戦闘の場面では、子どもたちは防御魔法で隔離《かくり》しますのでご迷惑はおかけしません」

子連れでクエストに臨むことにいい顔をされないと覚悟の上で、そう宣言した。しかしランベールの返答は想定外のものだった。

「俺を誰だと思ってるんだ？　お前とお前の子どもたちくらい、戦いながら守ってやる」

鞘に収めた剣で肩をトントンとたたき、首をかしげたのだ。

「まあ、用心するに越したことはないから防御魔法は展開しておくといい。それと体力回復の補助はしっかりやってくれ。回復薬は本当に必要な者の手に渡るべきで、俺が買い占めるのは道義上許されない」

品薄のために値上がりしている回復薬だって、王族のランベールなら簡単に買うことはできるはずだ。しかしそれが手に入らずに命を落とす者が出るのは、是《ぜ》としないのだろう。

「……おっしゃる通りですね、僕も全力を尽くします！」

アンリは拳をつくって、思わず顔をほころばせた。傲慢《ごうまん》なように見えて、ランベールが民《たみ》のことを思ってくれていると分かったからだ。

（よく考えたら、こんな面倒なこと人を雇って解決することだってできるはずなのに、自ら危険を冒して解決しようとしているんだよな……奇特な王族なんだな）

ランベールは一瞬驚いたように目を見開くと、じっとアンリの顔を見つめた。

「な、なにか……？」

怒らせるようなことを言っただろうかと顔色をうかがうと、ゆっくりとランベールの顔が近づいてきた。頭一つ分ほど身長差があるので、ランベールが腰を曲げるような体勢になる。

「お前……女じゃないよな？」

そう言って突然、アンリの胸元をローブ越しにぺたりと触った。

「わっ、何ですか突然！　確かめながら触らないでください！　女性だったら大変なことになってますよ」

「そうだよな、男だよな……いや、一瞬可愛く見えたから、ちょっと確認を……」

アンリの顔にぐんぐんと血が集まってくるのが分かる。恥ずかしさと怒りで、血管が切れそうだ。

「可愛いって言わないでください！」

アンリの怒声が森にこだましたのだった。


公立ギルドに戻り、アンリはランベールとともに難度Gのクエストエリアでゴーレムが出現したことを報告した。

「ええええっ？　あんな静かな森に？　嫌だわ……イレギュラーなモンスターの出現がこんなに続くなんて。死人が続出しちゃうじゃない」

難しい顔をしているカトリーヌに現状を尋ねると、今週で同様の報告が五件続いているという。昨年、一昨年の頻度は年二、三件なので異例のペースだ。モンスターの強さはクエスト難度を決める大きな要素だけに、公立ギルドはかなり難しい決断を迫られていた。

かつてギルドは個人で自由に組織されていたが、無謀なクエストに臨んで命を落とす者が後を絶たなかったため、国が公立ギルドを各地に設置し、国の基準に合わせて、各登録者のレベルに最適なクエストを斡旋《あっせん》するようになった。

その難度が設定できないのでは、運営が難しくなってしまう。

「倒してやるから、危険なモンスターの出現エリアを教えろ」

ランベールが地図をカウンターに出して書き込むように促したが、カトリーヌは難しい顔で首を左右に振った。

「いくらランベールだからってお願いできないわ。今ゴーレムを倒してきたばかりなんでしょう？　体力だって魔力だって減ってるのに、危険なクエストを斡旋するなんて。ひとまず一晩休んで全回復してきてちょうだい」

ランベールは「回復してればいいんだな」と確認した後、突如アンリの腰に手を回して引き寄せた。

「わっ」

ロッドを両手で握りしめたままのアンリの身体が、ランベールと密着する。

「アンリ、キスを」

ランベールが顔を近づけてくる。

ギルド内がランベールの言動にざわめく。アンリも突然のことに「へっ？」と声を裏返してしまう。

「お前のキスがあれば俺はいつだって最強だ」

『天使のキス』のことは秘密にと頼んだのに、名称は出さないまでも大勢の前で堂々と求めてくるので、アンリはランベールの胸板をぽかぽかと叩いた。

「いやです！　もう……みんなには秘密にしてくださいって言ったじゃないですか……」

確かに体力は回復できても、魔力は休養でしか回復することができない。しかし、アンリの『天使のキス』なら体力・魔力、そして毒や錯乱《さくらん》などの悪いステータスも全て回復できる。

しかし、みんなの前でそれを求めるのはひどすぎる。

「秘密にしてるよ、キスしてくれって言ってるだけだろう？　誰も気付いてない」

そう言って唇を近づけてくるので、アンリは彼の口元を手で覆って押し返した。

「気付く人もいますよ！　それにここじゃ嫌です！！」

伝説だと思われている『天使のキス』だが、知識のある人には見抜かれてしまう。

「じゃあどこならいいんだ、外か？　俺の部屋？」

きかん坊をなだめるような表情でランベールが肩をすくめるので、アンリは釈然《しゃくぜん》としないまま口を尖らせて同意した。

「外も公衆の面前じゃないですか、まあ部屋でなら――」

いいですけど、と言い終える前に、アンリは周囲の異様な雰囲気に気付いた。

ギルドのスタッフも、居合わせた登録者たちも、生唾《なまつば》を飲み込んだような表情で自分たちを凝視しているのだ。中には顔の赤い者や、ショックを受けたような女性もいる。

ざわめきがかすかに聞こえてくる。「やっぱりそういう関係か」「ランクが違い過ぎるパーティーって大体そうだよな」「あの聖職者、可愛いしな」などと口にしている。

「えっ」

ランベールに腰を抱かれたままカトリーヌを見る。彼女はカウンターに頬杖をつき、にやにやしていた。

「ここでもいいのよ、キスくらい。式はいつ？」

その言葉に、自分とランベールのやり取りが、端《はた》からどう見えてしまったのかを知る。

キスしろ、お前のキスがあれば最強、ここではキスしない、部屋ならいい――。

（また勘違いされた！）

アンリは顔が爆発しそうなほど熱くなった。きっと周りから見ても真っ赤に違いない。

「アッ、アッ、ち、違うんです、これには事情が――」

誰に弁明しているのか、アンリは狼狽えて誤解を解こうとするが、カトリーヌが呆れたように首をかしげた。

「そんなに大事そうに腰を抱かれて、何が違うんだか」

アンリは慌てて腰に回されたランベールの手を解こうとするか、力が強くてかなわない。

「ら、ランベール、離してください」

また周囲がざわめく。SSランクのランベールを呼び捨てにする者など、このギルドにはSランクの聖職者エルネストくらいしかいなかったからだ。

王弟であることがバレないよう、ここに来るまでに「敬称はやめて呼び捨てにしろ」と練習させられていたことが裏目に出る。

ランベールはランベールで、周囲からどう思われても気にしていないようで「キスするまで離さない」などと頑《かたく》なだ。

「ち、違うんです〜！」

ギルド内に、アンリの悲鳴混じりの弁明が響く。

結局、アンリはみんなの前で頬にキスをさせられるはめになった。

ランベールは「なぜ頬？」と不満そうだったが、瀕死《ひんし》でないかぎりは口などの粘膜に接触しなくても回復できるからだ。勘違いした周囲の視線を受けながらのキスで、アンリの精神のほうが瀕死状態だが、おかげでランベールは全回復した。

その事情を分かっていないカトリーヌは「二人の愛に免じて」と、イレギュラーかつ危険なモンスター討伐のクエストを、ランベールたちに斡旋してくれたのだった。

二人の足下にあった台車の中では、三つ子がその様子を再現するように、スンとした表情のリュカがジャンの腰を抱いている。

ジャンが「あ、あ、ちがうですっワハハ」とアンリのまねをすると、目を潤ませたノエルが頬杖を突き「いいのよぉん、きすくらい」と二人を見守るカトリーヌを演じていた。

ふとアンリたちを囲んだ集団の奥に、白いローブが目に入る。フードを目深に被っていたが、美しい顔をゆがませて睨んでいたのは聖職者エルネストだ。

アンリは胸が痛んだ。

（今朝パーティーは組まないと説明したばかりだったのに、こんなことになってしまって……彼には成り行きを説明しなければ）

2

キス騒動を経てカトリーヌに斡旋されたクエストは、本来なら難度Dとなる海岸エリアだった。すばしっこい海のモンスター、シルキーの群れを倒して漁師が海に出られるようにする……というクエストだったのだが、そこに海の大妖精セイレーンが現れたのだ。難度A級のモンスターだ。

数日前に出くわしたパーティーは、壊滅は避けられたが全員大けがをし、そのうち二人は心的外傷《トラウマ》を負って引退することとなった。

「セイレーンなんて浅瀬《あさせ》に出るモンスターじゃないのに、どうして……」

シルキーが助けを呼んだのか……などとアンリが地図を睨みながら漏らすと、ランベールはその仮説を否定した。

「モンスターは異種同士では組まない、弱い者の方が喰われる。その証拠に今の海岸にはシルキーは一頭もいないらしい。セイレーンを恐れて逃げたんだろう」

岸壁から海を見下ろすと、薄布に身を包んだ妖艶な女性が二人、竪琴《たてごと》を手に歌っていた。

「……女性があんな所に！　助けなきゃ」

声をかけようとするアンリをランベールが制した。

「よく見てみろ。幻覚解除はできるのか」

うなずいて呪文を唱えると、岩場に座っていた女性が青い竜のような姿に変わった。尻には竜というより魚のようなヒレがついている。

「沖合で船の乗組員をこの幻覚で油断させ、歌で錯乱させる。そうやって船を沈めるんだ。幻覚はたいしたことないが錯乱の歌が厄介だ。パーティー同士で戦わせて自滅させられる」

分かりました、とアンリはうなずいて、三つ子たちを防御魔法で包み、カラスに見守るように頼んだ。

「お前はここで見てろ」

かなり高い岸壁のため、アンリの浮遊魔法で下りるかと思いきや、ランベールはそのまま飛び降りた。

空中で剣を抜き、セイレーンめがけて振り下ろす。直撃された一頭がガラスのように砕け散った。

階段を飛び降りたかのように軽やかに岩礁《がんしょう》に着地したランベールは、すぐさまもう一頭に向けて剣を突く。狙われたセイレーンが「ギアギア」と鳴いたのは断末魔かと思ったが、隠れていた仲間を呼び寄せる合図だった。海中からさらに三頭も姿を現したのだ。

(ランベールが囲まれた)

アンリは浮遊魔法で彼の元へ急ぐ。ランベールの背後に着地すると、毒や錯乱を封じる支援魔法を広域に展開した。

「見ていろと言ったのに」

「囲まれているのに見過ごせません」

対峙したセイレーンは想像よりも大きく、自分が倒せる相手ではない。しかし錯乱さえ防げばランベールが倒してくれると思った。

「子どもの防御と錯乱阻止を二展開してるんだから、お前は自分を守る術《すべ》がないぞ」

一頭を倒しながら、ランベールがアンリを気遣う。

「ご心配なく!　ランベールはその調子で頑張ってください!」

運動会の応援のような言葉をかけながら、アンリは自分を襲ってきたセイレーンをロッドで払う。

また一頭、ランベールがセイレーンを砕いた。

海中から忍び寄ったセイレーンが、ランベールの右脚に長い舌を巻き付けた。海に引きずり込もうとしているのだ。

ランベールはその舌を剣で切ったが、もう片方の脚も別のセイレーンに掴まれた。

その瞬間、アンリは呪文を唱えた。

年季の入ったロッドの水晶が光ると、当たりの海水が一瞬にして引き、一滴の海水もなくなった。

脚のないセイレーンは、水揚げされた魚のように跳ねている。が、その数は十頭。先ほど姿を現した三頭以外にも、海中に隠れていたのだ。

幻覚も錯乱の歌も使えず、さらには泳ぐこともできなくなったセイレーンは、跳ねるしかない。ランベールがそれを早業《はやわざ》で仕留めていった。

全てのセイレーンが駆除されたのと同時に、アンリは錯乱阻止の魔法を解除する。ランベールが剣を鞘に収めて、アンリを振り向いた。

「これほどの数と知らずに襲われていたら無傷では済まなかった、助かったよ……だが三つ子の防御魔法を解いて、水を操作したのか？　子どもたちが危険じゃないか」

「え？　三つ子の魔法も解いていませんけど……」

ランベールが、こてんと首をかしげる。

「防御と錯乱阻止、すでに二つの魔法を展開していたのに、どうやって？」

なるほど、とアンリは合点がいって、説明した。

「僕が同時展開できる魔法の数は、三つです」

しばらくの沈黙が訪れる。ランベールが驚いて無言になっている間に、自分とともに浮遊魔法に包んだ。

「さあ、海水を戻しますから、岸壁の上に戻りましょう」

ふわりと浮いたのと同時に、操作魔法を解除し海水を岩礁に戻す。ザアアッと勢いよく岩礁に押し寄せる海水の音に、ランベールは我に返った。

「……同時展開は二つまでだと思っていた。三展開できるのは貴族階級の悪魔か聖人くらいかと」

「でも何でも使えるわけじゃないんです、魔法にも相性があって、例えば回復と錯乱は同時に展開できないんですよ。三つになるとその選択肢がさらに狭まります」

「しかし、その実力でなぜギルドではFランクなんだ？」

痛いところを突かれる。

アンリは、公立ギルド登録直後に三つ子を預かったこと、自分の容姿や自信のなさそうな態度が原因で魔法の同時展開ができることを信じてもらえないこと――大きくこの二つの理由でパーティーには入れてもらえず、ランク上げができなかったと説明した。

「三つ子はお前の子どもじゃなかったのか……いや二十二で三つ子連れとは珍しいなとは思っていたんだが、まさか縁もゆかりもない子どもを育てていたとは」

　岸壁の頂上に到達し、アンリはランベールとともに着地する。

　三つ子たちは防御魔法の膜の中で、カラスを追いかけて楽しそうに遊んでいた。

　アンリはその姿をまぶしそうに見つめて、肩をすくめた。

「もう二年育てていますので、すっかり我が子ですよ。彼らの親が現れなくても立派な大人になるまで責任持って面倒を見るつもりです」

　あの防御魔法も、子どもたちは外に出られないように、かつ外敵が触れれば反応してアンリが分かるように感度を高めている、と説明した。

　防御魔法を解除して三つ子たちに駆け寄った。

「みんな、お待たせ。良い子で待っててくれてありがとう」

　三つ子たちが脚に抱きつく。わずかな時間とはいえ、アンリと離れて不安だったのか、やけにだっこをせがむ。

　その瞬間、へにゃりと腰が抜けてその場に座り込んでしまった。

「どうした？」

　ランベールが腰を折って尋ねてくる。

「戦闘するのが久しぶりで……終わったら安心して腰が抜けちゃいました」

三つ子を預かってからは、ほぼ戦闘をしていないので二年ぶりだ。

リュカが膝によじ登ってきて、自分がいつもそうされているようにアンリの頭を小さな手で優しく撫でてくれた。

「……えらいえらい」

「リュカ……ありがとう」

ノエルとジャンも続いて、膝に乗ってくる。ノエルは頬に祝福のキスを、ジャンは野花をくれた。三つ子なりにアンリを気遣ってくれているのだ。

ランベールは声を上げて笑って、乱れた黒髪をかき上げた。

「見かけで騙されるなってことだな」

「どういう意味ですか」

弱そうな見た目を気にしているアンリは、わざと口を尖らせて不満を伝えた。

町に戻り、岩礁のセイレーン討伐を報告すると、ギルドから報酬をもらった。ランベールは公立ギルドの自分の口座に預けたが、アンリは現金で受け取ることにした。

「口座持ってないのか?」

「口座を必要とするほど、たくさん稼いだことがないので……」

ランベールの問いに答えながら、自分が情けなくなった。それでも今回のクエストは、きっといつもの倍はもらえるはずだ、とわくわくしていた。さほど役立っていない気がするが、ランベールが五割もくれると言ってくれたからだ。

アンリは出金を待ちながら三つ子たちに話しかけた。

「ふふっ、聖職者なのにお金に執着するのはよくないんだけど、もしかすると今日もらうお金で、新しい靴下を買ってあげられるかもしれないぞ～！」

アンリが嬉しくて拳を振り上げると、三つ子たちも「くくした～！」と諸手《もろて》を挙げた。

ノエルなんかは「ノエルのくくした、あなあいてたの～ふえええん」と泣いて喜んでいる。

四人で興奮していると、案内人のカトリーヌが「あらあら、靴下何枚買うつもりかしらね」と報奨金の入った、手の平サイズの布袋を出した。

ジャラ……と音を立てた硬貨入りの小袋が、ドン、と二つ――。

「うわあ、すごい！　こんなに！」

一袋に入る銅貨五十枚。二袋あるということは銅貨百枚ということだ。いつものキノコ集めの倍だ。一週間分の生活費に相当する。

「カトリーヌさん、こんなに銅貨を持てないので、金貨と銀貨に両替していただけませんか」

銅貨十枚で銀貨一枚、銀貨十枚で金貨一枚だ。いつもは滞納している宿代やその日の食事に使うので小銭でもらっているが、さすがに百枚は荷物になる。

するとカトリーヌが不思議そうに首をかしげた。

「何言ってるの、これ全部金貨よ？」

えっ、と問い返したつもりが、声にはなっていなかった。金貨百枚とは、贅沢しても一年は生活できる額だからだ。

「待ってください、あれ、えっ？」

あまりの額に動揺したアンリに、カトリーヌが解説してくれる。

「あの岸壁エリアは本来、難度Dで金貨三十五枚なの。でも今回セイレーン十体以上の討伐クエストになったので、ギルドとしては難度Aと判断したわ。報酬は金貨二百枚、ランベールと折半《せっぱん》であなたの取り分は百枚よ」

そんな、嘘だ、とロッドを握りしめていると、ランベールが「足りなかったか？」と的外れな気遣いをしてくる。

「違いますよ、足りすぎですよ！　そんな大金持ったことないのに……本当にこれ、僕がもらっていいんですか？　そんなに役に立ってないのに」

「十分役に立った、心配するな。受け取りに気が引けると言うなら――」

ランベールがアンリの腰を引き寄せて、頬を指さした。『天使のキス』で体力、魔力を全回復しろ、という意味だ。

「嫌ですよ！　そんなに一日に何度もできません！」

全回復、全ステータス回復の最上級治癒魔法『天使のキス』は、一日に一度が限界なのだ。しかし事情を知らない周囲は、またランベールとアンリがいちゃついていると勘違いをしているようで、白けた視線を送ってくる。

カウンター越しにカトリーヌから「へえ、今日何回したの」とからかわれた。

結局報奨金のうち金貨八十枚は、急きょ開設したギルドの口座に預けた。ギルドを出ながらアンリはきょろきょろと見回した。金貨二十枚もの大金を持って歩くことなどないので、なぜか罪悪感で一杯だ。

「そうオドオドするな、盗んだ金でもあるまいし。いつも低難度のクエストならぜいたくもできなかっただろうから、好きに使えばいいじゃないか。例えばカジノや宝石——」

ランベールのアドバイスを遮って、アンリは「そうだ！」と叫んだ。

そのまま三つ子たちを乗せた台車と、ランベールの腕を引いて小走りした。

到着したのは、下町の子ども服のブティックだ。

「この子たちの動きやすい普段着と防寒着、下着、靴下、靴など必要なものをそれぞれ、洗い替えも含めて一式お願いします！」

大口の買い物客に、ブティックの店長が大張り切りで見繕う。

三つ子といえど、好みはそれぞれで、ジャンは赤や橙など明るい色を好み、リュカは白や黒ばかりを選んだ。ノエルは水色や桃色などのパステルカラーを気に入っている。

三人分の服を見繕うとあって、店は大賑《だいだい》わい。ランベールが横から口を挟んだ。

「好きに使うっていうのは、そういう意味じゃなくて自分のために使えって意味だったんだけどな」

「自分のためですよ、この子たちが嬉しそうな顔を見るのが僕は一番幸せですから」

アンリは子どもたちの肌着の手触りを確かめながら、ランベールを振り返る。

「お前のローブも年季が入っているが、そのままでいいのか」

ランベールは少し呆れたように、アンリのローブの裾を掴んだ。

「そうですね、僕のはまだ破れてないので……ああ、そうだ！」

アンリは手を一度勢いよく叩くと、店長に子ども用の防寒着をあるだけ欲しい、と頼んだ。運ぶのを手伝ったランベールだが、使途《しと》が分からず困惑している。

到着したのは、このサンペリエ地方の教会だった。

ここでは週に三回、貧しい人のために炊き出しを行っていて、アンリも時々手伝っている。その教会の司教に、買えるだけ買った防寒着を渡した。

「なんと、こんなにたくさん……！」

司教も驚いて声が上擦っている。

「これから寒くなりますから、炊き出しに来た子どもたちが薄着だったら、プレゼントしてください」

「アンリ、君は三つ子も育てているのに、こんなにたくさんの防寒着を買えるお金をどうやって用意したんだい？　まさか無茶なことをしていないだろうね」

親しくしている司教が、アンリを心配そうにのぞき込む。

「へへ、うれしいご報告なんですが、難度の高いクエストに挑戦できて、報奨金をたくさんいただいたんです。僕はほとんど役に立っていないんですが……」

司教は、三つ子とともに子ども用防寒着を運んでいるランベールをちらりと見て「なるほど」とうなずいた。

「ようやくパーティーを見つけたんだね」

「はい、もっとお役に立てるようがんばります」

ランベールが近づいてきて「何人か子どもが来てるみたいだがどうする」と教えてくれた。アンリは司教に許可をもらって、その子どもたちに一人ずつ防寒着を手渡した。

五歳くらいの少女に渡したとき、その指先に触れる。アンリはその子の手をぎゅっと包み込んだ。

「手がすごく冷えてるじゃないか……今度来るときは手袋も持ってくるね」

少女は飛び跳ねて悦んでいた。

「てぶくろも？　うれしい。へへ……コートってあったかいね」

サンペリエ地方にも貧民街があり、衣食住に困っている人も少なくない。普段は生活の厳しいアンリだが、ごくまれに臨時収入があると、貧民街の子どもたちの必需品などを買っては渡していた。

配り終えて教会から宿に向かう道すがら、ある中年の男性に呼び止められた。たまに朝食で世話になるパン店の職人だった。母親が危篤《きとく》のため、看取《みと》りの祈祷《きとう》を頼まれる。

「看取りを引き受けてくれる聖職者がいなくて……」

聖ルイス教会の聖職者は、修行を終えて各地に布教の旅に出ると、現地の教会と連携しながら町の浄化やそこに住む人々の看取りや懺悔《ざんげ》、治癒などに務める。

その原資《げんし》のためにクエストにも出るのだが、最近は本分が逆転していて、報酬の高いクエストにばかり注力する者が増えているのだ。

アンリはパン職人の頼みに応じ、ランベールや三つ子とともに彼の実家に向かった。

実家の寝室では、高齢の女性が横たわっていた。

アンリは側に寄って膝をつき、女性のしわしわの手を握る。そうして、息子であるパン職人の手を母とつながせた。

「聖ルイス教会の者です。今までよく頑張ってこられましたね、神様の元へ行く道が歩きやすいように祈りますから安心してください。息子さんのことは大丈夫です、ほら、もう手もこんなに大きいでしょう？　勤め先のブーランジェリーでも腕利きのパン職人だって評判なんですよ」

女性は目を細めると、安堵したような表情で息を引き取った。

アンリは鎮魂《ちんこん》の祈りを詠唱《えいしょう》する。こんな光景を見慣れている三つ子たちも、アンリの背後で膝をついて祈りを捧げた。

帰り際、目を真っ赤にしたパン職人から謝礼を渡されそうになった。

「いえいえ、受け取れません」

「でも爺様のときはこれが常識だって……」

パン職人が戸惑っていると、アンリはその謝礼をそのまま彼に握らせた。

「お母さまを安全に天国にご案内するように、という神の取り計らいだと思うんです。こちらこそお母さまの旅立ちを一緒に見送らせていただいて、ありがとうございました」

パン職人は腕で目を擦って、アンリの手をぎゅっと握った。

「ありがとう……あんたみたいな聖職者に看取ってもらえて、母さんは幸せ者だ」

台車に乗った三つ子たちが、肩を震わせるパン職人の腕や手に触れてなぐさめていた。

パン職人と別れると、ずっと押し黙っていたランベールが口を開いた。

「『天使のキス』は使わないんだな」

瀕死の者をも全回復させる最上級治癒魔法で、あの母親を回復させなくてよかったのかと聞いているのだ。

「本当にあれは一日に何度もできないんですよ。それに……寿命は神の采配《さいはい》なので、逆らえないんです」

むしろ、それをしてはならないと理解できる者のみが天使の加護を受けるのだ、とアンリは思っている。

誰しも長生きしたい、家族を長生きさせたいという願いはある。『天使のキス』で延命し、金儲けに走る術者も出るかもしれないからだ。

だからこそ、実力や修行量とは関係なく、加護を与える人間を〝選ぶ〟のだ。

「……いい志《こころざし》だな、見直した」

ランベールは進行方向をまっすぐ見つめながら、ぽつりと言った。

決してからかっているのではないと分かる声音。夕日が照らした彼の横顔は、その神妙な表情と整った造形が相まって、絵画のように見えた。

「立派なんかじゃ……教わったことをそのまま口にしてるだけで、本当は僕なんて」

――自信の持てない弱そうな聖職者。

そんなことを胸の中でつぶやきながら、その自分とは対称的なSランク聖職者エルネストを思い浮かべた。

「今日ふと思ったんです。エルネストさんのように堂々と実力を発揮して、いろんなパーティーに望まれていれば、もっとクエストの報酬で町の子たちの困りごとを解決してあげることだってできたのに……って。僕は自分と三つ子との生活に精一杯で、何もしてこれなかったんだなって」

今日出会った少女は、昨年の冬はどうやって過ごしたのだろうか。凍えながら身体を寄せ合って耐えたのだろうか。自分にもっとできることがあったんじゃないだろうか。

そんな思いがアンリを責め立てる。

突如、大きな手に腕を掴まれる。

「それはお前の思い上がりだ」

心臓に杭《くい》を打たれたようにズキ……と胸が痛んだ。

「どういう意味ですか……」

ランベールはアメジスト色の瞳でアンリをじっと見下ろすと、腕を掴んでいた手の力を緩めた。

「一人の聖職者が、全ての人間を救えるわけがない。目の前の困難を抱えた者に手を差し伸べるだけでも、なかなかできることじゃないんだ」

「でもそれは聖職者として当然の――」

「ではお前の周りの聖職者はしているか？　少なくとも俺がギルドに登録してから、町民の看取りや貧民街への奉仕をしていた者を見たことがない」

育ての親であり大司教の「いつも民に仕えよ」という言葉を守っているだけなのだが、確かに周りの聖職者がしている様子はない。

ランベールはいつになく真剣な表情で、アンリの腕を掴んだ。

「血のつながらない三つ子をここまで育てるだけでも大したものなのに、ようやく手に入った報奨金をも惜しみなく他者のために使う。十分じゃないか、それ以上、神はお前に何を求める？」

台車の中からノエルが不安そうに声をかける。

「ふぇえ、けんかしないでぇ」

喧嘩ではない、とランベールは、ノエルに見せるようにアンリの肩にそっと手を置いた。

「褒めてるんだよ。よくここまで頑張ってきたな、と」

大きくて、温かい——ローブ越しでも伝わってくるその感触に、アンリはなぜかツンと鼻が痛くなって、喉が詰まった。自分を見下ろすランベールがふわりと笑っていたが、その姿がぼやけていく。

とにかく育てることに必死だったし、こんなふうに一日の大半を一緒に過ごして自分のことを聞いてもらうこともなかったため、ふと認められた瞬間に緊張の糸が緩んでしまう。

アンリは見られたくなくて、ローブのフードを目深《まぶか》に被った。

ランベールはアンリの肩から手を外して、また進行方向を向いた。

「全ての民のために身を粉にしなければならないのは為政者《いせいしゃ》なんだ。兄や俺たち兄弟、そして高官や貴族。あの少女のように、防寒着も持たない子どもたちがいるのは、俺たちの怠慢《たいまん》なんだ」

ランベールは何かを思いついたようで、紙に文字を書き始めた。

「施《ほどこ》しをしている拠点はどこも教会か？」

「ええ基本は。聖ルイス教会は週に三度は必ず炊き出しをします。教会が捻出できる範囲で、なのですが」

困難を抱えた民にこそ仕えよ、という教えは、教会の始祖であるルイス大司教の原点でもあった。そのため各地域の教会は必ず炊き出しを行うことになっている。

そこに集うのは何も経済的に苦しい者だけではなく、孤独で人との交流を求めている人、炊き出しを手伝う人などさまざまで、地域のつながりと共助を保つ役割もしている。

「そうか、ではひとまず、すべての聖ルイス教会に送るか」

何を送るのだ、とアンリが問うと、ランベールはわかりきったことを聞くなという顔でアンリを見返した。

「防寒着だよ」

「ええっ！　教会って全国に一千七百以上あるんですよ！」

「知っている。そういう時の国庫だろう」

文字を書き終え、指を鳴らすと、どこからか鷹が彼の肩に舞い降りた。

鷹の脚に着けられた筒に、その紙を入れ「行け」と命じると、ゆっくりと飛び立ち、空の向こうへと消えていった。手紙をしたためていたようだ。

「だ、だれに手紙を送ったんですか」

尋ねる声が震える。執事だろうか、そうであってくれ、と願わずにはいられない。

「長兄だよ」

ヒェ、という悲鳴はもはや声にならなかった。ランベールの長兄とは、国王のことだからだ。

冒険者の出で立ちだし、言動もそれっぽくないので忘れがちだが、彼は正真正銘、王弟殿下なのだと思い知る。

「イレギュラーなモンスター出現を解決しに来たつもりだったが、見落としていたことにも気付けてよかった」

どういう意味だろう、と首をかしげていると、ランベールはアンリに珍しく微笑んだ。

「礼を言う」

いつもの傲岸不遜《ごうがんふそん》のランベールとは違い、柔らかな笑顔だった。

「すみません、どうしてお礼を言われているのか分かりません……」

ランベールは「言いたかっただけだから」を顔をくしゃっと崩して笑った。

沈みかけた太陽が、伏し目がちなランベールを照らし、長いまつげの影が彼の頬に伸びた。アンリはなぜか、いけないものをのぞき見た気分になって、ぱっと視線をそらした。

台車にとまっていたカラスが「ハッ」と白《しら》けた声を出していた。

翌朝、高級宿の侍女がアンリに着替えを持って来た。一目で高級だと分かる僧服とローブだ。

「それ、他の方の着替えでは……僕のはこちらに」

アンリは、教会を独り立ちしてから三年も着続けている白の——と言うにはくすみすぎたローブを侍女に見せた。

「こちらはアンリさまにと、ランベールさまよりお預かりした物です」

「ランベールが……？」

ランベールに命じられた侍女は、遠慮するアンリに意地でも着替えさせようとする。最後の一押しをしたのは三つ子だった、まず口を開いたのは、普段口数の少ないリュカだ。

「……ぼくらだけ、あたらしいおようふく、よくない……ならぼくも……あたらしいふく、ぬぐ……」

そう言って上着を脱ぎ始めたのだ。ノエルも同調して「ノエルもアンリとおなじ、ぼろぼろふく、きるぅ～ふえええ」と泣きながらボタンを外す。

アンリは慌ててそれを制した。

「あっ、僕が我慢しているわけじゃないんだよ、みんなが可愛いと僕が嬉しいから着てほしいんだよ」

ジャンがベッドでぽよんぽよんと跳ねながら、こう叫んだ。

「おれはっ、ぬがないぞっ！　アンリがあたらしいのきるっ！　そしたらみんな、おそろいのあたらしいだっ、ワハハハ」

三つ子たちの正論にアンリはぐぬぬ、と唸りながら侍女から新品の僧服とローブを受け取った。侍女はアンリにウインクする。

「愛されてますね、アンリさま」

「はは……優しい子たちなんです」

「もちろんお子さまがたにもですけど、この服の贈り主にも……ですよ」

公立ギルドでの怪しげな噂でも聞いたのだろうか。アンリは、いやいやそれは……と否定しようとしたが、侍女が鼻息荒く顔を寄せてきた。

「これは独り言ですけれど、私、この服を準備する際に相談されたんですよ」

そう言って、侍女はランベールの言葉をそのまま耳打ちしてきた。

『今冬は冷えそうだから、それに耐えられる冬物の僧服とローブがいいのだが、良い生地の僧服を扱う店を知っているか』

（ランベールがそんなことを……）

アンリはなぜかそわそわして、指先をぎゅっと握ったり、動かしたりするのだった。

新品の服を着て食事用の部屋に入ると、アンリの姿を見たランベールがにやりとした。

「おとなしく着替えたか」

「……ええ、お気遣いありがとうございます。大切にしますね」

アンリは先ほどの侍女の言葉を意識しながら、席に着く。

「別に気など遣っていない。俺と並ぶのにみすぼらしい格好では困るからだ」

そう言って、つんとした表情のままハムを口に入れた。

アンリも侍女の耳打ちがなければ間に受けていただろうが、その態度や台詞が照れ隠しだと思うと、なぜか口元が緩んでしまう。

横でノエルが、フルーツを頬張りながら「おかねもちあさごはん〜！」と泣いて喜んでいた。

その日も、昨日同様にイレギュラーに出現するモンスター討伐をすることにした。

ギルドに入ると、カウンターそばで誰かが揶揄《やゆ》した。

「おふたりさん、きょうはキスはしなくていいのか」

顔に血が集まって、赤くなっていくのが自分でも分かる。それなのにランベールは真面目に答えた。

「今は必要ない、昨夜しっかり寝たからな」

再び、ギルドがざわめく。

ランベールは「しっかり睡眠をとって、体力も魔力も回復した」という意味で返事をしているのだが、登録者たちは一様に誤解していた。

「し、しっかり寝たのか」

「愛が深いな……」

艶っぽい経験のないアンリでも、周囲の反応に気づいてしまう。

（ね、寝たってそういう意味じゃ……！）

ランベールの発言を止めようと、慌てて両手を左右に振って「だめ」と伝えるが、全く意図が通じないどころか「どうした、慌てて」と手を掴まれて、顔をのぞき込まれる。

「顔が赤いぞ、熱でもあるのか？」

大きな手がアンリの額に触れる。

「熱じゃないです、ランベールお願いだからしゃべらないで……！」

「しゃべるなとは何だ――おい、襟元がゆがんでるぞ」

そう言ってランベールはアンリの襟を直す。

「俺があつらえた服だぞ、きちんと着こなせ」

アンリはあわあわと周囲を見回す。

誰もが頬を染めたり、目元を隠したりして照れていた。表情で分かる、「恋人のいちゃいちゃを見せつけられてたまらない」という顔なのだ。

（もう黙って……！）

何をしても裏目に出るなら、さっさとクエストに出かけたかった。

ギルド案内人のカトリーヌがこの日依頼してくれたのは、急ぎの案件だった。食肉加工場を獣系のモンスターが占拠し、誰も立ち寄れなくなっている――というものだった。

「食肉加工場って結構町に近いですよね」

アンリの問いに、カトリーヌがため息をついた。

「そうなの。そもそもモンスターって人の気配のするエリアに近寄らないでしょう？　それなのに突然押し寄せてきて大慌て。早いところ討伐しないと、このエリアの食肉加工場って一カ所しかないから、町のみんなが困るのよ」

午前のうちに片付けよう、とランベールが地図を受け取る。

「目撃は三体だけど、もっといるかもしれないから周囲の警戒を怠《おこた》らないようにね」

助言するカトリーヌを振り向いて、ランベールが片手をあげた。

「単独じゃないから大丈夫だ」

出遅れたアンリは、カトリーヌに「信頼されてるわね」とウインクをされ、なぜか足下がふわふわした気分になった。

（照れてる場合じゃないぞ）

アンリは自分の両頬をぺちぺちとたたいて気持ちを落ち着かせ、三つ子を乗せた台車を押してギルドを出た。

出口でランベールが向き合っていたのは、Sランクの聖職者エルネストだった。

「説明してくれランベール。どうして私じゃいけないんだい？」

エルネストはランベールにすがる。アンリに気づくと眉根を寄せた。

「君も君だ、ランベールとは組まないって言ってたのに、結局二人で行動しているじゃないか。私をたばかったのか？」

アンリは言葉を尽くして謝罪した。確かに一度は「組まない」と伝えてしまっていたからだ。

「ごめんなさい、エルネストさん。あの後、僕らゴーレムに囲まれて、ランベールに助けてもらったんです。今は子連れでのクエストが危険なので、強いランベールに守ってもらいながら取り組もうかと……」

しかしエルネストの怒りは収まらず、台車の中から大人たちのやりとりをじっと見つめている三つ子に矛先《ほこさき》が向かった。三つ子たちはびくりと身体をこわばらせる。

「そんなの君の事情じゃないか！　大体クエストに子連れなんて、この仕事を舐めてるのかい？　足手まといのチビなんか、さっさと里子《さとご》に出してしまえば――」

言い終える前に、エルネストと三つ子の間に、ランベールが身体を滑り込ませた。

「子どもに何て目を向けるんだ、それでもお前は聖職者か」

ランベールにかばわれた三つ子たちは、驚いた表情でランベールの広い背中を見つめていた。そのランベールは、エルネストに詰め寄られている。

「だって私は納得がいかないんだよ、君ほどの実力者がどうして最低ランクの聖職者なんかとパーティーを組むんだ。恥ずかしいと思わないのか？」

アンリはかっとなって、エルネストの前に立った。

「あっ、あのっ！　ぼ、僕は！」

アンリの心臓がばくばくと跳ねている。こうして人に意見や反論をすることがうまくできなかったからこそ、これまでパーティーに入れてもらえなかったのだが、ここは引けない理由があった。ランベールと三つ子の名誉のために。

アンリは懐《ふところ》から、焼き印の入った木札を取り出した。

そこには長い髪を三つ編みにした女性のシルエットと、その女性の名前らしき「D·iane《ディアヌ》」の文字。Dランクの登録者がもらえる木札だ。それぞれランクと直接書かずに、それぞれのランクの頭文字に当てて、Sランクならサロメ、Eランクならエマ——など女性の名前になっているのだ。

「ぼっ、僕はもうFランクじゃない、Dランクです！」

もちろんSSランクのランベールにも、Sランクのエルネストにも遠く及ばないが、最低ランクだと自分を卑下《ひげ》する必要はないのだ。

「だからってランベールと不釣り合いなのは変わらないんですけど、その、足手まといにならないよう精一杯頑張りますから！」

エルネストがDランクの木札を手に取って、ふっと笑った。

「頑張ります、ね。意気込みだけで何とかなる世界じゃないんだよ」

粗末な物をそうするように、木札をぽいと投げ返された。エルネストは、まるでアンリを空気かのように素通りすると、ランベールに向き直った。

「とにかく、私はこの組み合わせに納得していない。きちんと話し合おうじゃないか、ランベール」

青い瞳が潤んで、ブルーダイヤのようにきらめいた。悲壮感を漂わせた、不遇《ふぐう》の王子のような横顔にアンリは少し同情してしまう。

（よほどランベールとパーティーを組みたい事情があるんだろうな）

しかし、ランベールは気にも留めていないような表情で「一つ、質問なんだが」と口を開いた。

「俺とアンリが組むのに、なぜお前を納得させなければならないんだ？　部外者なのに」

エルネストの顔がみるみる赤くなっていく。このギルドを背負う実力者として、とか、力の均衡《きんこう》がクエストの達成率を上げる……などしどろもどろに答えるが、それにも「ギルドを背負ったことなどないが？」「俺のクエストの達成率も、お前に関係のない話では？」と淡々と返す。

エルネストは押し黙ってしまった。

ランベールはアンリから台車──三つ子を乗せた──を奪って「行くぞ」と歩き出した。慌ててついていくが、アンリはエルネストの言葉がじくじくと効いていた。

「ふ、不釣り合いと言われないように僕、頑張ります、ランクだってもっと──」

ランベールがアンリの発言を手で遮った。

「ランクはクエストのスムーズな依頼と事故防止のために、ギルドが勝手に決めたものさしだ。アンリが真っ当な評価をされていないことは分かってるが、周りの登録者につられて、くだらないものに固執《こしつ》するな」

そのランベールの一言で、アンリを追い立てていた焦りが吹き飛んでいく。

「あ……本当ですね、僕はなんでとらわれてたんだろう」

ギルドという狭いコミュニティでの位置づけなんかに。ランベールの言葉に、ギルドの中に立っていた自分が、襟首を掴まれて空まで連れて行かれたような気分になる。視点を変えると、広い世界の無数にあるギルドの一つにすぎないのだ。

ランベールは脚を止めた。

「人のものさしではかれないもののほうが無限にあると、あのキスができるお前なら分かるだろう？」

そう言って、アンリの下唇に人差し指で触れた。

（そうか『天使のキス』だって、人の意志や努力ではどうにもならない魔法だもんな）

アンリはランベールの触れた下唇に指を添えた。なぜかじわりと温かい気がしたからだった。


食肉加工場を占拠《せんきょ》したモンスターは四体。そのうち三体は倒したが、最後の一体であるケット・シーという青い猫のようなモンスターは知能が高いようで、華麗に逃げ回った。姿を消すこともできるようで、なかなか仕留めることができない。

防御魔法でカラスと一緒に守られている三つ子たちが、後方から声援を上げる。

「あんり～！　らんべる～！　がんばれ～！」

ケット・シーが目を見開いて、三つ子たちを凝視した。

『んッ？　あれ？』

「子どもたちには手を出させないぞ！」

アンリは呪文を唱えて、ケット・シーの速さを下げる支援魔法を展開した。

『いや、違うんよ、待って待って。え？　まさかグレモリーさま？』

言葉が話せるモンスターと珍しく遭遇し、アンリはランベールを見た。アンリの意図を察してランベールもうなずく。

捕獲しよう、という合図だった。言葉が話せるほどの知能のモンスターなら、このイレギュラーな出現について何か知っている可能性がある。

アンリはもう一つ魔法を展開し、反転防御魔法でケット・シーを囲み込む。

『うそ～何なん、この人！　可愛い顔して、なんぼ魔法展開すんの』

反転防御魔法の膜に包まれたケット・シーが、膜の内側を懸命に蹴っている。

ランベールが剣を鞘に収めて話しかけた。

「お前は会話できるようだから、元いたところに帰るなら解放してもいい。その前にどうしてここに来たのか白状しろ。目的は何だ、どうやって移動してきた」

『いやいやいや、俺かて困ってんねん。目が覚めたら、知らん魔獣たちと一緒にここにおったんや。しかも俺以外は錯乱してて』

「目が覚めたら……？　寝ているうちに連れて来られたってこと？」

アンリが尋ねると、ケット・シーが「惜しい」と猫の手で器用に指を鳴らした。

『村が襲われて捕まったんや。で、みんな変な匂いかがされて眠らされた』

誰に、という問いにはケット・シーも首をひねった。

『覆面集団やったからな……ただ、村のみんなは魔法かなにかで錯乱させられてると思うわ。錯乱に耐性のある俺だけがケロッとしてるってことは』

ケット・シー自身が相手を錯乱させる術を得意とするため、そういったバッドステータスに強いのだという。

『そもそも、ここどこやねん。人間の町やってのは分かるけど――それにあの子たち、なんでグレモリーさまのペンダント持ってんの』

ランベールが何かに気付いたように、ケット・シーに問いかける。

「先ほども言っていたが、そのグレモリーとは？」

『魔族の上位におる悪魔公爵で、俺たちの領主様やねん。そのチビたちからグレモリーさまの気配がすると思ったら、あの人がいつも着けてたペリドットが――』

会話を遮るようにカアーと鳴き声がしたと思ったら、アンリの肩にカラスが下りてきた。防御魔法の膜の内側に居たはずなのに、どうやって出てきたのだろうか。

ケット・シーはカラスを見て『うそぉ』と呟き、押し黙ってしまった。ペリドットについて尋ねても『まあ、その話は追い追い』などとはぐらかし、自分は攫われてここにいるのだから、と命乞《ご》いをした。

ケットシーを魔族の住み処に帰らせるために、町に戻ってギルドで手配をしていると、にわかに通りが騒がしくなった。ギルド内の登録者たちもざわついているので、聞いてみると「宰相さまが町に到着したらしいぞ」と教えてくれた。

月の女神を祀《まつ》る聖月祭に、今年は宰相が珍しく参加するとは聞いていたがアンリは不思議に思っていた。

（宰相さまの出身地でもなければ、特別主要な町というわけでもないのに、どうしていらっしゃることになったんだろう）

中枢の人間が地方を回る際は、政治的な意味合いが強いと聞いている。

「……町に貴族が増えたな」

通りに出て、ランベールがぽつりと言った。確かに、町の人たちを押しのけるように派手な装飾の馬車がいくつも走っている。

「この町の聖月祭は、何か重要な意味でもあるんでしょうか」

「王宮には何も知らせはなかったと思うんだが」

噴水広場では人だかりが出来ていた。

台車に乗った三つ子たちが「おまつり?」と目を輝かせているが、残念ながらそうではないらしい。町の人々が「宰相さまだ」と駆け寄っているからだ。

噴水広場にいつのまにか用意された演壇に、黒い長髪の中年男性が上がる。その瞬間ワッと歓声が沸き起こった。

ランベールが「モローだ」と忌《い》ま忌ましげに漏らす。やはり、彼こそがテルドアン王国の宰相オーギュスタン・モローだった。

銀刺繍《ぎんししゅう》の入った白い長衣を纏ったモロー宰相は、民衆が鎮まるのを待って、ゆっくりと語り始めた。

「皆さん、歓迎をありがとう。この町がモンスターの出現でお困りと聞いて、聖月祭に合わせて駆けつけて参りました。解決に向けて尽力したいと思います」

華やかな容姿も手伝って、その柔らかで真摯な言葉が町の人々に沁みたようで、噴水広場はさらに大きな歓声に包まれた。

「軍隊でも連れてくるんでしょうか……」

熱気に酔い始めたアンリが疑問を口にすると、ランベールが教えてくれた。

「モロー宰相にその権限はない。動かすとしても国王の承諾が必要だし、そうなれば俺にも知らせが届くはずだ。可能性があるとすれば、魔法か。彼は魔道士でもあるから」

魔道士、と言えば聖職者に次ぐ珍しい職業で、支援魔法のほか攻撃魔法を得意とする。この地域の公立ギルドにも数えるほどしかいない。今回のモンスターの問題解決にも何か秘策があるのかもしれない。

「しかし、俺はあの宰相を信じていない。出世のスピード、民衆の人気、貴族との結束……どれをとっても普通じゃない」

その言葉にアンリは、以前聞いたランベールの台詞《せりふ》を思い出していた。

『俺は神も人間も信じていない』

一抹の寂しさを感じた。

（パーティーを組んだ僕のことは……？）

アンリが押し黙っていると、心配してくれたのか三つ子が台車からのぞき込んできた。

「あんり、げんき？」

ノエルが瞳を潤ませている。

「ごめんごめん、大丈夫だよ。午後のクエストのためにも、いっぱいランチを食べて元気回復しよう」

アンリは両手で拳を作って見せた。

それに気付いたランベールが、アンリの腕を掴んで引き寄せた。

「俺も回復させてもらおう」

「えっ、待ってください。午前は魔力を使ってないじゃないですか」

「体力は減った。お前のキスは減らない。な？　効率的だ」

腰が引き寄せられるが、アンリは慌ててランベールの胸を押し返す。

「ここをどこだと思ってるんですか！　モロー宰相にも見つかってしまいますよ！」

「みんなモローに夢中で誰も見てないし、俺は〝変わり者の王弟〟だからモローは俺の顔を知らない。ほら、早く」

拒んでいるアンリが悪いかのような急かし方に理不尽を覚えながら、近づいてくる彼の唇に手で蓋をした。

「あの！　体力の回復なら、魔法でできますから！」

そう言って、治癒魔法を展開した。

全回復を実感したのか、ランベールが両方の手の平を見つめている。

「わざわざキスしなくても回復できます！」

頬を膨らませて見せたアンリを、ランベールがなぜか凝視して、しばらく黙り込んでしまった。

「……そうか、聖職者だから治癒魔法はできるよな」

「そうです、聖職者の最低限のスキルです。もう、キスしろキスしろって、みんなの前で迫られる僕の身にもなってください！」

ランベールは、自分のこれまでの行動を振り返りながら「そうか、そうだったな。なぜそんな思い違いを」と言ったきり、口元を押さえて黙り込んだ。

みるみる顔が赤くなっていき、背中が丸まっていく。顔から湯気でも出そうなほど。

「えっ、わ、どうして赤くなるんですか」

なぜか急に赤くなったランベールにつられて、アンリもなぜか頬が熱くなる。

「……言いたくない」

ランベールが伏し目がちにそんなことを言うので、どきっとしてしまった。いつも偉そうな彼が照れて小さくなっていると、可愛く思えてしまうのが不思議だった。

3

モロー宰相からギルドを通してアンリに連絡があったのは、翌日のことだった。

カトリーヌによると「三つ子を連れた聖職者を探している」とのことで、アンリしかいないと判断したようだ。

「どうして僕と三つ子のことを……」

ギルドのカウンター越しにカトリーヌから話を受けたアンリは、逡巡した。

「うちは公立ギルドだから、国から登録者の照会があれば回答しないわけにはいかないのよね。でも会いたくなければ取り次がないようにはできるよ」

気を利かせて席を外してくれたランベールをちらりと見た後、アンリはカトリーヌに向き直った。

「ひとまず今日のクエストが終わってからでいいですか。まだイレギュラーのモンスターが出ているエリアがあるんですよね」

「それには及びませんよ」

穏やかで渋い声が背後で聞こえる。昨日噴水広場で聞いた、あの声だ。

昨日とは違う紺の長衣姿で、モロー宰相は立っていた。

「あなたが聖職者アンリですね」

「……は、はい。初めまして宰相さま」

アンリは床に膝をついたが、手を取られて立たされた。

「ではこの三人が、あなたの育てている……」

「ええ、三つ子ですが、どうして僕らをお捜しに？」

モロー宰相は、ふふ、と笑って三つ子に「こんにちは」と顔を近づけた。ジャンだけが「こにちわ！」と元気よく返事をし、リュカは無言でうなずき、そしてノエルはジャンの後ろに隠れてしゃくり上げはじめた。

「おや、きれいなペンダントですね」

モロー宰相がジャンの胸元で光るペリドットに手を伸ばす。すると、台車のハンドルに止まっていたカラスが「カァー！」と怒ったように鳴いた。

くちばしで突かれると思ったのか、モロー宰相が手を引いてアンリを振り返った。

「単刀直入に言いましょう、この子たちを私の養子にしたいのです」

「よ、養子?」

聞き返す声が裏返ってしまった。

「この子たち、魔力が強いのではないですか?」

指摘にアンリはどきりとした。なぜそれを知っているのだろうか。

「多胎児《たたいじ》は魔力が強いと言われているのです。この町を訪問するタイミングであなた方の噂を聞いたもので会ってみたいと思っていたのですが……いやはや、試すまでもなく漏れ出すほどの魔力をこの子たちは持っている」

そういえば、昨日ランベールが教えてくれた。モロー宰相は魔道士だった——と。だから分かるのだろうか。

モローはまくし立てた。

「私も後継者が欲しかったのですが子宝には恵まれませんでしたので……聞けばあなたと三つ子は血のつながりもないとか。ギルドで稼ぎながら一人で育てるのは大変だったでしょう。私なら魔道士になる指導も、十分な養育環境も与えられます」

「いえ、大変なんかじゃ、全然……」

言葉を返す隙をもらえず狼狽《うろた》えていると、そのやり取りを見た三つ子たちが不安そうな表情を浮かべていることに気付いた。

（何で言い負けてるんだ僕は……自信を持って『自分で立派に育てます』って言えばいいじゃないか。いまさらこの子たちと離れるなんて……）

しかし、心のどこかに迷いがあった。

モローの言う『十分な養育環境』が自分に用意できるのか。自分がこの子たちと一緒にいたいと願うことで、三つ子たちが裕福な家庭で育つ未来を奪ってしまうことになるのでは――と。

直後、ランベールがアンリの隣に並んだ。

「さっきから勝手なことをペラペラと」

宰相に向かっても尊大な態度のランベールに、周囲が凍り付く。

「おや、君は……？」

モローが顎に手を当てて、不快そうに首をかしげる。態度が気に入らないのだろう。冒険者に――本当は王弟だとしても――偉そうに説教されたのだから。

カウンターから、カトリーヌが紹介する。

「こ、このギルド唯一のSSランク、冒険者のランベールです。アンリの相棒」

「ほう……SSランクですか。懐かしいですね、私もかつて王都にあるギルドで魔道士として登録していたころ、そのような称号をいただきましたねえ」

モローが張り合うように明かした経歴を、ランベールは鼻で笑った。

「ギルドが勝手に決めた些末《さまつ》な基準だ、大したことではないと同じランクにいたのなら分かるだろう。そんなことより、問題は養子の件だ」

アンリはドン、とランベールに背中を叩かれた。

「どこで三つ子のことを嗅ぎつけたか知らないが、この子たちは赤ん坊のころからアンリが一人で懸命に育ててきたんだ。それを簡単に『育てたい』などと、まるでペットのように言うじゃないか」

モローが一瞬腰を引いて「そんなつもりでは」と弁明しようとするが、ランベールはその隙を与えなかった。

「しかも三つ子の意志は確認しようとしない。そんな人物に、大切に育ててきた子どもたちを『はいよろしく』と渡せるとでも思うのか？」

ランベールの指摘は真っ当だった。アンリは三つ子たちを見る。

先ほどまでほがらかだったジャンも、眉を下げてアンリをじっと見つめている。話し合いの内容は分からないが、自分たちとアンリとの別れの可能性があることを、本能で察してしまったのだろう。

「しかし、私は宰相です。身分も資金的余裕だってある。子育てには一番大切なものではないですか？　資格は十分にある」

「何を寝ぼけているんだ？　大事なのは親と子の愛情だ。アンリは、金が入ると真っ先に三つ子に服を買ってやるような奴なんだよ。自分の僧服は化石みたいな色をしてつぎはぎだらけなのに。その事実が、親の最たる資格だ」

　アンリは鼻がツンと痛くなった。ランベールに「ジャン、リュカ、ノエルの親でいてい
い」と認められて、嬉しかったからだ。

　必死に育ててきたけれど、それが正解なのか分からないまま、その日その日を乗り越えるのに精一杯だった。その日々が、ランベールの言葉でずしりと自分を強くしてくれた気がした。

「あの、僕は、ずっとこの子たちの親でいるつもりなんです」

　一番言いたいことが言えた。

　パーティーに入れてもらおうとするとき、自信のなさがいつも自分の足を引っ張ってきたが、今は胸を張って、そして多少の虚勢《きょせい》も張っても、戦わなければならない場面だと自分に言い聞かせる。

「育てるのが大変じゃないといえば嘘になるんですが、その分、この子たちと過ごせる喜びは何百倍も味わえるんです。裕福な暮らしはできないかもしれないけれど、僕が立派に

育てて見せます！」

「しかし魔道士としての素質はどうする、そのまま腐らせる気か？　それとも全員聖職者にでもするか？」

モローの、アンリに対しての口調がきつくなっていく。これが本性なのか。

「それも子どもたちが自分で決めることです。魔力の強い農民がいたっていいじゃないですか。この子たちがなりたいものに、なればいいいんです」

自分の育ったモンベルサルトル教会の養育方針そのものだった。当時は不思議に思ったが、今考えると、子どもの意志を尊重した考えだったのだと分かる。

それでもモローはしつこかった。「諦めませんよ」と言い残して去った彼を見送って、アンリはランベールに礼を言った。

「ありがとうございます、庇《かば》ってくださって」

「思ったことを言っただけだ。お前はもっと堂々としていろ。三つ子の親として」

アンリは袖口で熱くなった目元を拭い、うなずく。

肩にランベールの手が乗り、彼の胸元に引き寄せられた。

「お前は立派な親だよ。もちろん聖職者としても」

アンリの泣き顔を隠してくれているつもりなのだろう。その行為はむしろ周りの注目を集めてしまうのに。

それでもアンリは、耳から伝わってくるランベールの鼓動が心地よくて、思わず甘えてしまったのだった。


宿に帰って夕食をとると、ランベールが部屋を訪ねてきた。

ケット・シーが言っていた三つ子のペンダントが気になったようだ。アンリも同感だった。

三つ子に「見せてくれる？」と頼むと、それぞれが首から外してアンリに渡した。アンリの記憶では、子どもたちが風呂以外でペンダントを外したのは初めてかもしれない。赤ん坊のころに外そうとしたら大泣きしたので、すっかり諦めていたのだ。

「きれいなペリドットの原石だね」

アンリは礼を言いながら、三つめのペンダントをリュカから預かる。

すると、急に三つのペリドットが光を放った。

「なんだ……？」

アンリは慌ててペンダントをテーブルに置くと、三つのペリドットはどろりと溶けて、液体状になったあと、一つにまとまった。

「が、合体した……」

ランベールに言われ、念のため三つ子たちに防御魔法をかける。

テーブルの上で一つになったペリドットは、再び淡く光る。石の上に立つように、手の平サイズの女性らしき人影が映し出されていた。

幻覚を見ているのだろうか、とアンリは自分の目を擦ったが、やはり現実のようだ。

光に包まれた金髪の美女は、人間ではなかった。両耳から渦を巻いたような角が生えているのだ。

「これは悪魔だな。実物と言うより、姿形を記録させたものが投影されているみたいだ」

ランベールが無謀にも、浮かび上がる女性の身体に、何度も手を往復させ触れられないことを確認する。

投影された悪魔らしき女性が、目を開いた。

グリーンの瞳の、意志の強そうな女性だった。

「この瞳……」

テーブルの上で起きている事態を、興味津々で見つめる三つ子たち。彼らの瞳の色と同じなのだ。

女性の悪魔はゆっくりと口を開いた。

『私はグレモリー。序列第五十六位の悪魔公爵です。この映像を見ているということは、我が子を保護してくれているということでしょう、ありがとう』

アンリの予感は的中した。三つ子の母親なのだ。

『正確に言うと、この記録を残している現在、子どもはまだ私の胎内《たいない》にいます。父親は人間の男です。掟《おきて》で禁じられた異種婚姻《こんいん》の罰として、出産と同時に命を失うことになっているので、この石にメッセージを残しました』

悪魔グレモリーと人間の子どもが、ジャン、リュカ、ノエルだ――ということなのか。

テーブルの上に浮かぶ、すらりとした黒服の女性を三つ子たちが不思議そうに見つめる。

アンリは何と声をかけていいか分からず、一瞬言葉に詰まったが、この石の投影が一回限りの可能性もあるので、思い切って真実を伝えた。

「ジャン、リュカ、アンリ！　よく見ておいて、この女の人が、みんなを産んでくれたお母さんみたいなんだ」

三人の緑の瞳が、チカチカときらめいた気がした。

ノエルがゆっくりと口を開く。

「ま、まま……？」

ジャンが、宙に投影された女性に手を伸ばした。映像だけなので、すっと透けて手が空振りする。リュカはただまっすぐ、その映像を見続けた。

映像のグレモリーが話を続けている。

『つまり、このペンダントの持ち主は私と人間の混血。父親はその混乱に巻き込まれ他界しました。混血は魔族の中でも肩身が狭く、生きづらいのは承知の上ですが、私の子であればなんとか生き抜いてくれるでしょう。どうやら多胎児のようね』

そう言いながら、投影されたグレモリーは自分の腹部に触れた。妊婦の体型には見えないが悪魔なりの子の宿し方があるのだろう。

アンリは三つ子をもう一度見た。泣いた時の衝撃波、楽しそうにお風呂に入ったときに咲かせた花々――彼らの魔力を見るに、魔族との混血という可能性は否定できなかった。

本題に入る、とグレモリーは顔を上げた。

『魔族に危機が迫っています。私に人間の夫がいたことで、ある人間が私を訪ねてきました。魔族が使役《しえき》するモンスターを利用したいと求めてきたのです。さらには魔族と人間の混血を増やして、魔力の強い私兵を増やしたいと』

グレモリーは訥々《とつとつ》と語った。

訪ねてきた人間は、グレモリーにこう持ちかけたのだという。

モンスターに人間の田舎町を襲わせ、防衛できるか滅びるかを賭ける闇カジノを計画していること。魔力の強い私兵を増やし王座を奪うこと。その見返りとして魔族に最下層の人間の一部を奴隷として譲ること――。

「な、なんてことを」

アンリは思わず口に出していた。椅子に座って聞いていたランベールも信じがたかったようで、眉間に皺を寄せてぎゅっと拳を握っている。

『もちろん拒《こば》み、彼を殺そうとしました、ですが魔法で姿を消したのです。野心的な上級魔族の中には、今後その人間に協力する者も現れかねません。去り際には、私の領地からモンスターを攫って計画を実行するなどと、脅しまで口にしていました』

午前中に食肉加工場で遭遇した、ケット・シーの動揺を思い出す。たしかグレモリーを領主と呼び、『村が襲われて捕まった』『みんな変な匂いをかがされて眠らされた』と話していた。まさか、脅しではなく、その計画を実行しているということなのだろうか。

『魔王はめったなことではお怒りになりませんが、こういった企《くわだ》てが続けばお怒りになるでしょう。百五十年前のような魔族対人間の大戦争もあり得ます。お互い多大なる犠牲を払ったため、そうならぬよう均衡《きんこう》を保ち続けていたというのに……』

グレモリーは額に手を当てて、大きくため息をつく。

『もう一点。私が身ごもっていることが、その男に見抜かれてしまいました。魔力の強い混血児を欲しがっていたので、私の血を受け継いだこの子たちは、真っ先に狙われることでしょう』

　グレモリーは真剣な表情で訴えた。

『このメッセージを聞いているあなたが、どこの魔族かは分かりませんが、どうか我が子をお守りください。この石には、出産後に残った私の魔力を込めます。必要なときに使ってください』

　アンリは三つ子を、旅の男から預かった時のことを思い出した。出産前に父親が他界したのなら、彼は何だったのだろうか――。

　用件を言い終えるとグレモリーは、まるで三つ子たちに語りかけるように、こうささやいた。

『そばにいてあげられなくて、ごめんなさいね』

　その言葉を最後に、投影されていた映像が消えた。

「まって」

　そう言ってジャンが立ち上がって、グレモリーの姿が投影されていた辺りで手を左右に振った。

「きえた……」

ノエルが、自分の服の胸元を握りしめながら声を震わせた。

リュカはじっとその石を見つめて沈黙していたが、しばらくするとそれを摘まんで両手の平に載せた。

そうして「アンリ」と、顔を上げて尋ねてきた。

「このなかで……ぼくたちのまま、ねんねしてるの……？」

アンリは涙をぐっと堪えながら「そうだよ」と答えた。

すると、はた、はた、とリュカの瞳からペリドットに涙が落ちていった。

「じゃあ『ごめんね』はちがうね……ずっといっしょだもん」

その言葉に、アンリははっとした。いつもそれぞれが肌身離さず首に提げていたペリドット。グレモリーは三つ子たちを、一番近くで守っていたのだ。

ジャンは「ちがう」と言った。

「おれっ、しらないいっ、ままじゃない！」

「いるよぉ～、まま、ここにねんねしてるんだよぉ～」

ノエルが言い返すと、ジャンはぶんぶんと顔を横に振った。

「ちがうっ、ほかのこのまま、みんなだっこする！　おれたち、だっこない！　だからままじゃないっ！」

ぷいっと顔を背けたあと、再びちらりとリュカの手元で光るペリドットを見る。そして「あーッ」と泣き出してしまった。

するとそれに驚いたノエルが、一緒に泣き始める。静かに泣いていたリュカも、共鳴してわーっと泣いた。

「しまった！」

床がガタガタと揺れ始め、テーブル上のコップが倒れて水がこぼれた。

アンリは慌てて、部屋の隅のロッドを手に取った。

「ランベールは部屋の外に逃げてください！　この子たちは三人が一斉に泣くと、魔力で衝撃波が起きて大惨事になるんです！」

するとランベールがアンリの手首を掴み、魔法の展開を阻んだ。

「何を……！」

「俺のことも部屋も心配するな。まずは抱きしめてやれ、この子たちを産んだのはグレモリーかもしれないが、親はお前だ。抱きしめるのはお前の役目だ」

ランベールはそう言って、アンリからロッドを取り上げた。

（そうだ、この子たちを抱きしめるのは、僕しかいないんだ）

被害を抑えようとした自分を恥じた。そしてそのまま、両手を広げて泣いている三人を胸に抱き込んだ。

あーん、わーんの大合唱で、部屋の中に突風が吹き荒れる。飛んだ調度品が子どもたちに当たらないよう庇いながら、アンリは三つ子たちを抱きしめ続けた。

「泣いていい、泣いていいよ。ママだっていう人が現れてびっくりしちゃったんだよね。もう会えないことも分かっちゃったんだよね」

子どもたちの頬を指で拭っているうちに、なぜか自分も泣いていることに気付く。

きっと三つ子たちは、自分たちが「普通の子ども」でないことにうっすら気付いていたのだ。多くの子どもには、母という存在が側にいるのに、なぜ自分たちはいないのだろう、と。思えば「ママ！」と駆け寄って母親に抱きついている子どもを、じっと見つめていたこともあった。

彼らに母親を与えることは、アンリにはできない。しかし、絶対に伝えておかなければならないことがあった。

大声で泣く三つ子たちに、ゆっくりと語りかけた。

「大丈夫、僕がいるよ。僕は男だからママにはなれないけど、ずっとずっと、僕が守ってあげるからね。僕はどこにも行かないよ。ずっと、みんなのアンリだよ」

ジャンが泣きながら、こう言った。

「おれっ、あんりのっ、たいせつなっ、こどもっ！」

自分で「大切な子ども」と言ってしまうところが、ジャンの可愛いところなのだ。それだけ自分がしつこく口にしてきた「大切だよ」が伝わっていると実感する。

「うん、そうだよ。大切な大切なジャン」

わしっと胸ぐらを掴んだのはノエルだった。

「ノエルもよぉ〜！」

「もちろん、ノエルも大切な僕の子」

そのそばで泣いていたリュカが、アンリの胸元をぎゅっと握った。

「……」

「当然、リュカも僕の大切な子どもだ」

三人は競うようにアンリに抱きついた。

「産んでくれたお母さんの分まで、僕がたくさん幸せにするからね」

部屋を飛び交っていた調度品や家具は、いつのまにか元の場所に戻っていて、ガラスも扉も破壊されていなかった。

ランベールも逃げ出すことなく、壁に寄りかかってアンリたちを見守ってくれている。

リュカがもぞもぞとアンリの前に手を突き出し、その手の平に乗せたペリドットを見せてきた。これまで三つに分かれていたが、一つになってしまったのでどうしたらいいのか尋ねているようだ。

「うーん、じゃあ一週間ごとに順番で首に提げようか」

キリを作ってペリドットに革紐を通し、まずはリュカの首に提げてやった。

「順番の子は、首から外さないようにするんだよ」

三つ子たちは、ぶんぶんと首を何度も縦に振る。

（でもこれ、魔力も封印されているんだよなあ）

投影されたグレモリーは、この石に自分の魔力を込めたと語っていた。だが、これまでも三つ子は身につけていたし、魔族でもない限りそれを利用することは難しいだろう。

どこに隠れていたのか、肩にふわりとカラスが止まった。

「コイツラ、早ク魔力ノ制御ヲ教エタホウガイイゾ」

カラスの指摘に、アンリはうなずいた。そう言っても思い浮かぶ魔道士と言えば、宰相のモローくらいしかいない。魔力の強い三つ子を欲しがっている彼に教わるなんて――。

はた、とアンリは動きを止めた。

魔力の強い子どもを欲しがる宰相、なぜか貴族が集まる町、モンスターのイレギュラーな出現、人間に攫われたとのケット・シーの証言――。

先ほどグレモリーが話していた、闇カジノを計画している人物像とかぶっているのではないだろうか。

考えすぎかと思いランベールの方を見ると、彼も同意するようにうなずいている。

泣き疲れて眠ってしまった三つ子たちをベッドに運ぶと、ランベールと小声で話をした。

「あの悪魔の言う、モンスターを使った闇カジノの計画が本当なら、何としても止めなければならないし、首謀者《しゅぼうしゃ》は取り押さえないといけない」

ランベールが空いているベッドに腰掛けて、深刻そうに呟いた。

モンスターのイレギュラーな出現を解決すべく、この地域にやってきたら、とんでもない企みの端緒《たんしょ》だったなんて――。

「考えすぎかもしれませんが、人間と魔族の混血児であるリュカたちを知ってか知らずか引き取ろうとしていたモロー宰相が、僕はどうもひっかかって……」

ランベールもうなずいて、顎に手を当てた。

「そうだったとして宰相にまで昇り詰めた男だ。尻尾は出さないだろう。地道にイレギュラーなモンスターに接触して、証拠を集めるしかない。貴族の集まる場所も突き止めないとな……」

ランベールは部屋の柱時計を見た。時刻は午後八時。何を思ったのか、宿の侍女を呼び出して、帰ってくるまで寝ている三つ子のそばにいるよう指示した。

「あの……一体何を……？」

アンリの問いに、ランベールが珍しく片目を閉じてこう言った。

「夜の偵察だ」


ブティックでなかば無理やり着替えさせられたアンリは、鏡に映った自分の姿に震えていた。

レースの華やかな白いブラウスに、サテンのベストにベージュのパンツ、ウエストのくびれた長いコートは華やかな水色――。全体的に明るい装いを、艶《つや》のある黒いブーツが引き締めている。

「な、な、なんですかこれぇ……っ」

全身黒の正装をしたランベールが、アンリの胸元のブラウスを整えながら「何って着替えだよ」と首をかしげた。

そんなことは分かっている。なぜこんな高級なおしゃれ着に着替えなければならないのか、という意味で聞いたのだ。

「この地域で金持ちが集まる場所なんて数は知れてる。もし闇カジノの計画がこの地で進んでいるなら、手がかりがあるはずだ。今夜のうちにパーティーを回って情報収集する」

「でもでも、どうして僕まで……三つ子たちと留守番じゃだめですか？　こんな服着たこともないし、パーティーなんて行ったことなくて」

「何を言ってる、貴族は社交の場に同伴者を連れて行くのが常識だ」

そう言ってアンリに肘を突き出す。ここに腕を絡めろ、という意味らしい。しぶしぶ、彼の腕に自分の手をかけると、アンリは漏らした。

「だったら女性のほうが同伴者っぽいのでは……」

「貴族は同性の同伴者連れて来てベタベタしてる奴も多いぞ。お前がドレスを着たいなら別だが」

ぶんぶんと首を横に振ってブティックを出ると、馬車が待機していた。クエストに使うような荷物が積める幌《ほろ》馬車ではなく、艶やかな黒を基調とした貴族用だ。

馬車の扉が開くと、ランベールが乗りやすいように手を貸してくれる。

「あの、僕はお姫様じゃないので大丈夫です」

断るとランベールが不機嫌そうに顔を近づけてきた。

「何を言ってる、今から貴族が男の恋人を連れて夜遊びする——という設定で行動するんだ。手を握り返して微笑むんだ」

恋人、と聞いてアンリはどきりとした。

確かにギルドではそんな誤解も受けているが、実は誰かと恋仲になったことがない。一体どんな言動が正解なのかが分からないのだ。

アンリの不安をよそに、馬車の中でランベールがレクチャーを始める。

「俺は今からラザールと名乗る、お前はアベルだ。アンダジュール地方から〝とある遊び〟のためにはるばるやってきた侯爵とその恋人だ。いいな、それらしく振る舞うんだ」

アンリはおずおずと手を上げた。

「あの、恋人ってどんな振る舞いですか？」

ランベールが不思議そうな顔で「恋人は恋人だろう」と答える。

「すみません、そういった経験がなくって、どう振る舞えばいいか分かりません」

えっ、と声を上げたランベールは、向かいに座るアンリの両肩を掴んだ。

「今まで一度も？」

こんなところで嘘をついても仕方がない、とアンリはうなずいた。

「しかし、お前……怪我した俺を助けるための、あのキスは……」

「唇同士をくっつけるのは生まれて初めてでした」

はじめて、と復唱するランベールのほうが、なぜか呆《ほう》けている。

「そ、そんなに驚かなくても……変ですかね、二十二にもなって……」

聖職者になるまでは修業で精一杯だったし、独り立ちして落ち着けそうだと思ったら三つ子たちを預かったため、そんな余裕などなかったのだ。

(あの子たちが、それ以上の幸せをくれたんだけど)

そういえば、とアンリはランベールに尋ねる。

「ランベールは、その、いらっしゃらないんですか、恋人……」

自分で口にしておいて、なぜか胸の奥がひやりとする。返答を聞きたくないという気持ちがこみ上げてきたのだ。

ランベールはふう、とため息をついた。

「必要ない。幼い頃に父が決めた婚約者はいたが、陰で仕事するには邪魔にしかならなかった」

なので婚約は破棄した、と打ち明ける。

アンリは改めてランベールが特異な王族なのだと知った。正妃に加え、何人もの側室を抱える人だって少なくないというのに。

「自分勝手な言い分だが、そもそも誰かと一緒にいるのが苦手なんだ」

頬杖をついて馬車の窓から外を眺めるランベールは、その高貴な装《よそお》いにふさわしく、とても華やかで凜々しい。王族という立場を除いても、社交界が放っておくわけがないのだ。

それでも彼は、庶民の住む町の一角で冒険者をしている。

国中の困りごとを陰で解決するために駆け回っているのに、華やかな世界と距離を置いているせいで『変わり者』と悪評が流れている。

ランベールは頭をかきながら自嘲する。

「一人でいるのが性に合って――」

言いかけて、何かに気付く。そしてアンリをじっと見た。

なにか、と首をかしげると、なぜかランベールがぷっと吹き出した。自分に色恋の経験がないことを、思い出したのだろうか。

「もう、笑わないでくださいよ。別に恋人が欲しいわけじゃ――」

言い終わらぬうちに馬車が止まる。最初の会場に着いたようだ。

ランベールは先に降りながら「そうじゃないんだ」と弁明し、続くアンリに手を差し伸べてエスコートした。恋人のふりを、と言われた手前、断れずしぶしぶその手に自分の手を重ねる。馬車のステップから地面に足を降ろしたのでエスコートの手を離そうとしたが、ぎゅっと握られて阻まれた。

ランベールを見上げると、彼はなぜか穏やかに笑っていた。

「一人が性に合ってると言いながら、お前たちといるときは苦痛どころか楽しんでいるふしがあるな、と思って笑ってしまったんだ」

ランベールはアンリの手を持ち上げ、その指先にキスをした。

「その恰好もよく似合っているよ、アンリ」

こちらに上目遣いでささやく姿はいつもの尊大なランベールではなく、物語に出てくる王子様が王宮でお姫様にするような、上品で優しいキスだった。

アンリの心臓が、ばくん、と大きく跳ねたかと思うと、全力疾走したような動悸《どうき》が始まった。

「では行こうか、アベル」

偽名で呼ばれたアンリは、ふにゃふにゃとした声で「ひゃい」と返したが、自分がどんな顔でどんな振る舞いをしているのか分からなくなっていた。

（さっき、指にキスしたとき「アンリ」って……）

王子様のような、ではないのだ。正真正銘の王子だったのだ。物語から飛び出て来たように見えても仕方がない、とアンリは自分に言い聞かせた。自分がドキドキしてしまうのも、仕方がないのだ――と。

貴族を装って二人が潜入したのは、大きな屋敷を貸し切ったパーティー会場だった。

城などで行われることが多いが、集まってくる賓客のために急きょ会場を用意したようだ。

「僕たち、本当は貴族じゃないってバレないでしょうか」

自分は庶民で、もう一人は王族――という意味での〝貴族じゃない〟なのだが、ランベールは王族としては顔を知られていなくても、ギルドでは唯一のSSランク。アンリの周りに知らない人はいない。

「貴族が冒険者の顔を覚えているわけないだろう。ギルドに足を踏み入れることもない」

きらびやかな貴族のパーティーは、アンリにはまぶしすぎて目眩《めまい》がした。

贅を尽くした料理に高級な酒、着飾った男女が歓談したり、踊ったり、どこか人の少ないところで睦み合ったり――。

しかも、まるで知り合いのように客たちが話しかけてくるので驚いた。ランベールも慣れた態度で、スマートに貴族たちと交流する。

「そうですか、アンダジュール地方から。長旅でしたね、えっと……」

口ひげをたくわえた初老の男性に、ランベールは名前を確認される。

「ラザールとお呼びください、地元では爵位で呼ばれますが、ここでは一個人としてお付き合いいただけるとありがたいです」

そう名乗ったランベールは、自分と腕を組んだアンリに「な、アベル」とウィンクをしてみせる。いつもの彼なら絶対にしない仕草に、アンリはどぎまぎしながら答えた。

「ええ、ラザールさまは、ことのほかこの聖月祭を楽しみにしていらっしゃったので」

懸命に微笑もうとするが、引きつっている気がする。

聖職者のアンリにとっては、誰かに扮《ふん》することも、口から出任せを言うことも、初めてのことだからだ。ランベールが取り繕うように「そうなんです」と会話を引き継ぐ。

「普段はこんな遠方の祭りにまで出向かないのですが、今回は特別……ですからね」

初老の貴族の表情が、ぱっと明るくなった。

「そうでしょう、私も招待状をもらったときは驚きましたし、賭け事を知られたときのリスクも考えましたが、表向きはボールゲーム場ですからね」

賭け事、表向きはボールゲーム場――。初老の貴族の発言が、自分たちの知りたかった情報にかすり始める。

「それでは当日またお会いできますね」

ランベールがそう向けると、貴族があごひげを撫でて相づちを打った。

「まだ三日も先なので、それまでにどこかのパーティーでお会いするかもしれませんね。なんせこの町は娯楽が少ないですから……」

（三日後！）

アンリはその場でガッツポーズをしたくなったが、ぐっと堪えてランベールの腕を握った。開催日と会場まで知ることが出来た。あとは主催者が本当にモローかどうかだが……。

次のパーティー会場には国の高官も来ていて、ランベールが小さく拳を握る。さすがに役人は関わっていてほしくなかったのだろう。

数人の貴族と役人を交えた歓談でも、例の話を振られた。

「ラザール殿も、ボールゲーム場にご用でこちらに？」

やはり役人までも――とうなだれたくなるのを我慢して、会話を振られたランベールを見上げると、彼は「おや、あなたもでしたか」と、同郷の人間を見つけたかのような親しげな笑みに切り替えた。

「少し不安だったのです、内容が内容ですし、賭け事に自信はありますが、本当に人間があんなこと実現可能なのか……と。その影響でしょうか、先日はうっかりゴーレムと出くわしてしまいました。お二方もどうぞお気をつけて」

一緒に歓談していた貴族が、気の毒そうな表情を浮かべる。

「それはそれは……危険地域のお知らせはご出発までに間に合いませんでしたか？」

はて……とランベールが大げさに首をかしげる。

「アンダジュール地方から来たものですから……執事からの文も私に届くのは数日かかるでしょうし、困ったな、だからゴーレムに遭遇してしまったのか。アベルが怯えて大変でした。今も口数が減ってしまって」

ランベールがアンリの肩を抱いて「かわいそうに」と頬を寄せる。

演技とはいえ、彼の頬が自分のこめかみに触れるだけでアンリはどぎまぎしてしまう。それがバレないように、慌てて両手で顔を隠して、指の間から目だけ覗かせた。

「みなさまにばらさなくても……お恥ずかしい限りです」

アンリの精一杯の演技だった。

思いのほか通じたようで、貴族と高官が鼻息荒くアンリをのぞき込む。

「可愛らしいお連れですな」

貴族の男性に同調するように高官がうなずいた。なぜか先ほどより目尻が下がっている。

「実に実に。さぞ恐ろしかったでしょう。もう一度、モローさまに危険地域の地図をいただくといいですよ、そういえば今日彼の使いの者が来ていたような……」

モロー、という名前にアンリは身体を硬直させた。

（やっぱり闇カジノの首謀者は、モロー宰相なんだ！）

モロー主催の闇カジノが、三日後にボールゲーム場で開かれる——十分すぎるほどの収穫だった。

「おお、いたいた。おい、そこの君！　こちらへ」

呼ばれた馬番風の男が「へい」と駆け寄ってきて、アンリは手にしていたグラスを床に落としてしまった。

少しやつれたようだが、この町でアンリに三つ子を預けて姿を消した、あの男だったからだ。

「あ……あなたは……！」

アンリがうっかり声を上げてしまったせいで、男もアンリに気付く。慌てて身を翻し、その場から逃げ出した。

「待ってください！」

アンリはランベールと組んでいた腕を放して、男を追いかけようとした。

「アベル、どうした」

引き留めようとするランベールに、慌ててその場しのぎを考える。今ここで三つ子の話はできない。

「いっ……生き別れの兄なんです！」

腕を解いて、追いかけた。心の中で、神に嘘を重ねたことへの謝罪をしながら。

しかし、あの男から事情を聞くことができれば、三つ子の父親のことだって分かるかもしれない――。

(僕に三つ子を預けた男が、モロー宰相の配下――一体どういうことなんだ)

パーティー会場を出たアンリは、町の建物を縫うように逃げる男を追いかけた。

ロッドは持っていないので威力は半減するが、支援魔法で彼の周りだけ重力を強くする。足を取られた男は、石畳に転倒した。

「つかまえた！　なぜ逃げるんですか、あなたに聞きたいことがたくさんあるんです！」

追いかけてきたランベールが「生き別れの兄にしては似てないな」とからかうが、応対する余裕はない。

男は手足をじたばたとさせて「くそっ」と悪態《あくたい》をついた。

「リュカたちを僕に預けて今まで何をしていたんですか、そもそもあなた三つ子の父親じゃないというのは本当ですか？　一体どういうことなんですか？」

男は地面に伏せたまま「誰が言うかよ」と笑って見せたが、直後、首元をかすめて短剣が地面に突き刺さった。ランベールが投げたのだ。

「言え、次に短剣が埋まるのは地面じゃないぞ」

男が「ひえ」と声を上げる。ランベールに後ろ手を取られ、上体を起こされた男は半ば自暴自棄《じぼうじき》に言った。

「俺だってどういうことなんだって言いてえよ！　誘拐した子どもは変な力を持ってひどい目に遭うし、お前に嘘ついて押しつけて逃げたら、依頼主のモローに捕まって今も下男扱いだし……！」

「どういうことですか、三つ子はやはりあなたの子どもではなく……」

「魔族の村から誘拐してきたんだよ！　モローに命じられて」

盗みを生業《なりわい》とする男は、モローの依頼で魔族の村に忍び込み、三つ子を誘拐してきたのだという。しかし三つ子たちが泣いて衝撃波を繰り出すので、耐えきれず依頼を放り投げ、お人好しに見えたアンリに押しつけたのだという。

そのまま前金だけ持って逃亡しようとしたが、モローに捕まり、下男としてこき使われているのだという。

「隙を見て逃げればいいだろうに」

ランベールの指摘に、男は自分のチョーカーを見せた。

「俺には魔法がかかっていて、モローから一定の距離があくと、この自分では外せないチョーカーが首を絞めるんだ」

囚人のようだ、とアンリは思った。都合の悪いことを広められないように支配しているのだ。よく見ると身体のあちこちに、鞭で打たれたような傷がある。かなりいたぶられてきたのだろう。

アンリはぎゅっと拳を握って、男に顔を近づけた。

「その魔法、解除しますので、あなたの知っていることを全部話してくれませんか」

そんなことができるのか、と男とランベールの声が揃う。

ランベールには耳打ちした。

「魔法の効果も『天使のキス《ベゼ・ド・ランジュ》』なら。でも知られてはこまるので、目隠しをして、彼の耳はランベールが塞いでくれませんか」

なるほど、と漏らしたランベールだが、直後に首を横に振った。

「だめだ」

なぜだ、と首をかしげると、今度はランベールがアンリの耳元でささやく。

「俺以外とキスするなんて許すわけないだろ」

ささやき声とともに彼の吐息が耳にかかり、そのせりふも相まって、アンリの顔が急に火照《ほて》る。

「なっ……なんで許可がいるんですか！　そそそそれにこれくらいなら手の甲で大丈夫ですよ！」

かのようで。

心臓がばくばくと跳ねて収まらない。ランベールがまるで恋人のふりの続きをしている

「嫌だ、断固反対だ」

結局しばらくの議論ののち、「互いの目標を達成するため」というアンリの意見が通る。

目隠しをされ、耳をふさぐついでにランベールにヘッドロックされた男は、アンリの

「天使のキス」で支配魔法のチョーカーが取れたのだった。

「おお……すごい！」

男は、自分の知る全てを話し、そのまま身軽に屋根の上を跳び越えて姿を消した。

対して、アンリたちは宿に急いでいた。

（まさか、モロー宰相が転移魔法が使えるなんて）

男はモローが何かしら暗躍していることには気付いていたが、具体的なことは知らされ

ていなかった。しかし、衝撃的な事実が明かされた。

『モローの転移魔法の規模がすごいんだよ、俺もそれで捕まったんだが、自身を瞬間移動

させるだけじゃなくて、かなりの人数や体積のものを一度に運べるんだ。一個兵団とか』

転移魔法は習得が困難と言われ、自身を運ぶだけでも使える者は一握り。その高難度の

魔法でモローは大勢を同時に運べるというのだ。

最低難度のクエストエリアにゴーレムが出現したからくりが、ようやく分かった。彼が移動させていたのだ。

その瞬間、アンリは三つ子たちの顔が浮かび「リュカ、ジャン、ノエル！」と叫んだ。

モローが他人も一緒に移動させられるとなると、モローが欲しがっている三つ子たちが危ない。

平衡感覚が保てなくなるほどの恐怖を味わう。

リュカ、ジャン、ノエルの顔が交互に脳裏に浮かぶ。念のために宿屋全体に防御魔法を展開してきたのだが、モローほどの実力者には破られてしまう可能性がある。

（何事もありませんように……！）

馬を飛ばして宿屋に戻ると、笑顔で侍女が迎えてくれた。防御魔法も展開されたままだ。

「あの、子どもたちは！」

「ぐっすり寝てますよ、側であのおしゃべりのカラスちゃんが見守ってくれています」

無事を確認したくて部屋に飛び込むと、ベッドでジャンは大の字姿で、ノエルは隅っこで丸くなり、リュカは両手両脚をまっすぐ伸ばして、すやすやと眠っていた。

安堵で、ベッドにへたり込んでしまった。

「よ、よかった……」

ベッドの柵には、カラスが止まっていて羽繕《はづくろ》いをしている。

「大丈夫だった？　お守りありがとう」

「何モナカッタゾ、コチラヲ探ルヨウナ気配ハアッタガ」

カラスはまるで手練れの術士のような返事をする。真偽は分からないが、子どもたちを見守ってくれていたのは確かだ。感謝を込めて首元の柔らかな羽を撫でた。ツンとしたカラスが、唯一うっとりと身を任せる場所だった。

「よかったな」

ランベールもふうと息を吐いて、フロックコートを脱いだ。

「ええ、色々情報ももらえてよかったですね」

貴族のボールゲーム大会を装った闇カジノは三日後。そこに参加する貴族たちは、イレギュラーなモンスターが出現する危険エリアを事前に知らされている。

「当日、乗り込んで現場を押さえる。宰相ほどの人物に、確証のないまま尋問《じんもん》はできないからな。そこに参加した貴族も全員処罰対象だ」

ランベールが握った拳に、血管が浮かんでいた。

しかし、アンリは気になっていることがあった。

「ケット・シーの証言を信じるなら、転移魔法とは別に錯乱《さくらん》状態にさせる魔法がかけられているんですよね。以前話したかもしれませんが、錯乱は特に相性の悪い魔法が多くて、転移と錯乱も同時展開はできません。一人の術士が覚えることすら不可能なくらいで。だから錯乱魔法はあえて習得しない、という人がほとんどです」

「そうか……モロー以外に術士がいるはずだが、しかも大量に錯乱魔法をかけられるとなると候補は絞られてくるのか」

「それか、投薬など魔法以外の方法で錯乱させるか」

調べなければな、と言いながら、ランベールが胸元から紙を取り出した。見せてもらうと、このエリアの地図だった。まだらに赤の斜線が記されている。

「おしゃべりな貴族から拝借した、危険エリアの地図だ」

借りていないのは明白、どうにか盗み出したのだろう。王弟殿下ともあろう人物が盗みもできてしまうとは。

「当日まではこの危険エリアを回って、モンスターを討伐しながら錯乱状態を調べ――」

ベッド柵で羽繕いしていたカラスが、ぴたりと動きを止めた――気がした。

「あの、モロー宰相に勝手に連れて来られたモンスターたちなんですよね……なんだか事情を知ってしまうと、討伐するのはかわいそうな気がします」

「モンスターに情けを？」

「ケット・シーの話を聞くと、彼らも被害者なんだなって」

魔族の村で平和に暮らしていたのに、突然捕まって、錯乱状態で人里に放り出されたのだから——。

アンリはもう一度危険エリアの地図を見た。欄外の説明を見ると、赤い斜線のエリアがモンスターを潜伏させている地域だと書かれていた。そこからいくつかの集落に向かって伸びている矢印が、おそらく三日後に襲わせる計画だ。また大規模な転移魔法で町中に放り込むのだろうか。

ランベールは顎に手を当てて、しばらく考えていた。

「ゴーレムのような超大型は無理だが、数によっては捕獲して、モローに知られない場所に一箇所に集めておけば、ひとまず町は襲われないかもしれないな」

王宮に鷹《たか》で文《ふみ》を飛ばしたが、王がすぐに騎士団を手配したとしても、三日後の闇カジノにも間に合うかどうかは確証がないという。

アンリがぽんと手を叩いてランベールに顔を寄せた。

「ではギルドに協力を仰ぎませんか？　移動や錯乱の魔法はできなくても、眠らせる魔法ができる魔道士や聖職者は多いんです。眠らせて、力自慢の登録者で運ぶ——というのは」

「いいアイデアだが、どうやってギルドを説得する？　闇カジノのことが大勢にばれてしまえば、当日に乗り込んで現場を押さえられなくなる」

「クエストにしてしまえばいいんですよ」

「報奨金は払えるが、大規模すぎて信じてもらえるか……」

このエリアの一大事に私財をなげうつつもりのランベールに感服しつつも、アンリはこう提案した。

「こんなときこそ、立場を使えばいいと思うんですよ。ランベール殿下」

4

森の上空をカラスが飛び回り、叫ぶ。

「南南西ニ、ジャックフロスト！」

駆けつけたアンリが睡眠魔法でジャックフロストを眠らせた。すると追いついた戦士と剣士が傷つかないように捕獲する。

「ありがとうございます、それでは移動をお願いします」

アンリは二人に頭を下げると、次にカラスが示す場所に向かって駆け出した。

その後を、八人のギルド登録者たちが追い、さらにその後ろからランベールが着いてきた。抱っこ紐で前にリュカとノエル、背中にジャンをくっつけて。

アンリが提案した、ギルド総出でのモンスター捕獲作戦は順調に遂行された。

ランベール王弟殿下からギルドに正式な文が届いたのだ。「極秘裏に、地図上に示したモンスターを眠らせ、一箇所に捕獲せよ」と。想定外のモンスター出現に困っていたギルド側にとっても、願ってもない依頼だったのだ。しかも眠らせて運ぶのであれば、討伐ほどのエネルギーも必要ない。モンスターを集める場所だけ、確保するのに苦労したようだが……。

その手紙に書かれた報奨金の額をアンリは教えてもらっていない。公立ギルドの案内人・カトリーヌによると「町の人全員に配っても一年は生活できる額」なのだそうだ。現在稼働できるギルド登録者の百五十人で分けても、十分な報酬になるのだとか。

こうして、ギルドの登録者で十二チームが編成され、捕獲作戦がスタートしたのだ。睡眠魔法のできる術士一名と、それを捕獲して移動させる登録者十数名――という構成で。

期限は今日から二日間――闇カジノ開催の前日までだ。

もしモンスター捕獲による闇カジノ妨害行為がモローに知られたとしても、それはそれでいいと考えていた。手紙や下男の証言で、十分モローを糾弾することはできるのだから。

アンリのチームは、睡眠魔法のできるアンリと、戦士や格闘家などの力自慢十名で編成された。このチームだけ毛色が違うのは、SSランクのランベールがいることと、そのランベールが三つ子連れだということ。三つ子をモローが狙っている以上、離れるわけにはいかないのだ。

台車で運ぼうとしたが、道がなだらかでない森の奥は向いていないため、抱っこ紐という選択肢になったが、ギルドの登録者たちはざわついた。

あの傲岸不遜《ごうがんふそん》なＳＳランクのランベールが、三つ子を担《かつ》いで楽しそうにしているのだから。

「らんべう、はい、あーん」

ノエルが自分のお菓子を与えようと、ランベールの口元に運ぶ。

するとランベールは周りを警戒しながら、口を開け、それを食べた。

「美味いな、少し酸味があって」

「さんみ？」

「すっぱい、という意味だ」

今度は反対側で抱いていたリュカがランベールの口にお菓子を運ぶ。それも嫌がることなく食べていた。背中ではしゃべり疲れたジャンが、すうすうと眠っている。

「お前たち、トイレはまだいいのか」

そう尋ねると、リュカが無言でうなずいた。まだ平気なようだ。

「分かった。行きたくなったら早めに申告してくれ」

そんな様子を、アンリのチームにいる騎士や戦士たちが目を擦りながら見ていた。

「ランベールさんが手練《てだ》れの乳母《うば》みたいだ……」

「まあ、あの人のそばにいるのが一番安全だしな」

森の奥で、再び睡眠魔法が唱えられる。アンリのロッドが光り、今度はオークのつがいが強制的に眠らされた。

一日で七体のモンスターを捕獲し、その森にはモンスターの気配が消えた。

翌朝からすぐ動けるようにと、安全なエリアでの野営となった。野営と言ってもそれぞれプライバシーがあるので、間隔を開けてテントを張るのだが。

初めてのテントに、三つ子たちは大興奮だ。携行食で夕飯を済ませると、寝心地のよくない薄い毛布にくるまって楽しそうにおしゃべりしていたが、一日中動き回って疲れたのか寝付きも早かった。

ランベールとアンリは、テントの外でたき火をしながらホットワインを飲んでいた。ワインと言っても温める際にアルコールをほとんど飛ばし、シナモンと蜂蜜《はちみつ》を入れたものだ。これなら聖職者も飲める。疲れた身体に染み入った。

「おいしい……」

「よかった。今日は大活躍だったな、たくさん飲め」

ランベールが三つ子を守ってくれていたおかげだ、とアンリは礼を言った。

「いつもは子どもたちに意識の一部を張り巡らせていますが、ランベールなら僕がそばにいるより安全ですから、思い切り動くことができました」

アンリの働きは、ギルドの仲間たちからも賞賛された。複数の魔法を同時展開できることは隠していたが、その発動の速さや効果の高さ、展開範囲の的確さを高く評価されたのだ。

ついこの間までFランクだったアンリに、数人は「見くびっていた」と謝罪してきたほどだった。

「ランベールがこの問題を解決して王都に帰っても、誰かがパーティーに入れてくれるかもしれません」

そう何気なく言ったことが、自分の胸に突き刺さる。

ふとランベールがいなくなったときの、自分と三つ子の光景を想像してしまったのだ。

（あれ……胸が苦しい）

アンリはギュッと服の胸元を握った。

その横で、丸太に腰掛けていたランベールが空になった木製のカップをもてあそんでこう言った。

「俺が……いなくなった後か……」

何か言いたそうにカップをいじって、ぽつりと漏らした。

「ここ最近騒がしく過ごしていたから、想像すると寂しいな」

「えっ……」

思わずランベールの顔を見上げて、その言葉の真意を確かめる。

ランベールは少し困った顔で口をとがらせていた。頬が赤く見えるのは、たき火に照らされたからだろうか……。

ここで「僕もです」と言っていいものだろうか、とアンリは葛藤《かっとう》した。もっとランベールと三つ子と一緒に過ごす時間が続いて欲しい、などと口にしていいものなのだろうか。

そもそも、自分がそんなことを言う権利はないし、相手は多忙な王弟殿下だというのに。

ランベールは「そうか……」と、何かに気付いたようだ。

何だろうと問いかけるように彼をのぞき込む。口元を押さえながら、ランベールはこう漏らした。

「俺は、このエリアの問題を片付けたら、帰るんだよな……うん……なぜかお前たちとまだまだ一緒に過ごすような気分でいた」

アンリから空になったカップを受け取ったランベールは、ホットワインのおかわりを注ぎながら「そうか、そうだよな」と何度も独り言を漏らしている。

強くてたくましくて、どんなことがあっても一人で生きていけるはずのランベールが、今は自分と同じ、得手不得手のある、一人の人間に見える。

アンリは少しの葛藤の後、思い切って告げた。

「僕も寂しいです」

ランベールが「本当に？」と顔をのぞき込んでくる。

「本当です。三つ子たちとの生活は賑《にぎ》やかですが、一緒に支えてくれる人がいるというのはいいですね。心に余裕もできて、もっとあの子たちを可愛がる余裕ができました」

なみなみと注がれたホットワインを受け取ろうとするが、ランベールがカップを離してくれなかった。それどころか、カップに添えたアンリの指に、彼が指を重ねる。

「ラ、ランベール……？」

「お前はどうなんだ」

どう、と言われるとなんと答えたらいいのか分からない。

もう一度「寂しいです」と答えると、今度はその理由を尋ねられる。

「なぜ寂しい？」

「な、なぜと言われても……えっ？　えっ？」

カップの引っ張り合いになり、手にホットワインがこぼれる。

「熱っ」

すまない、とランベールはカップをそばに置いて、アンリの手がやけどをしていないか確認する。

乾いた指先が、手の平や甲、そして指をなぞる。やけどの確認だと自分に言い聞かせるが、アンリの心臓は跳ねるのをやめてくれない。

「あ、あの、大丈夫ですから。少し熱かっただけで。大げさでしたね、すみません」

そう言っても、ランベールはアンリの手を離してくれなかった。

しばらくその手を握ったままうつむく。

森の静寂と、たき火のパチパチという心地よい音、そして自分の拍動だけが聞こえる。

「……俺が寂しいと言ったのは、二つ子の存在もあるが、お前と離れることになるからだ」

ばく、ばく、と心臓の音がさらに大きくなる。

「この意味……伝わってるか？」

問われたアンリはぶんぶんと首を縦に振る。

(僕もです、僕もです！)

そう伝えたいのだが、うまく言葉にならない。どう表現したらいいのか分からないのだ。

「……キスしていいか」

ランベールの静かな問いに、手がびくりと震えた。

いつも「キスしろ！」と命令口調なのに、どうして今日は同意を求めるのだろう。

このタイミングでキスと言われると、まるで恋人同士のそれのようだが、ランベールのことだからきっと『天使のキス』が必要なのだろう。

アンリは自分の邪念を追い払って尋ねた。

「どこかおけがを？」

ランベールは「やっぱり伝わってない」とため息をつくと、アンリを引き寄せた。

広い胸板にアンリが倒れ込む。身体が思いのほか冷えていたのか、ランベールの懐は温かかった。

「ラ、ランベール……」

頬に彼の右手が添えられ、顔が近づいてくる。

側で見ると本当に美術品のような美しい顔立ちなのだと改めて知る。

まつげに縁取られたアメジスト色の瞳が、たき火に照らされて本当の宝石のようにきらめいていた。

ランベールは低い声でささやいた。

「怪我なんかしていない。天使のキスではなく、お前のキスが欲しくて言ったんだ」

「ぼ、僕のキス……」

復唱するアンリに、ランベールが「ああ」と微笑んで見せる。不敵でもなく、いやみでもなく、心からの微笑み――。

口から心臓が飛び出そうだ。アンリは慌てて自分の口元を手で塞ぐ。

「ぼ、僕のキスには何の効果もないですよ」

ランベールに念を押す。

彼は「知ってる」と呆れたようにこちらを見つめ返し、アンリの手を口から引き離した。

「俺がしたいだけ」

そう言い終えたのと同時に、目の前が真っ暗になる。

両頬を大きな手に包まれ、唇には柔らかな感触があった。出会い頭にした『天使のキス』とは大違いだった。

唇が触れては、息継ぎをするために顔が離れ、アメジストの瞳がこちらをうかがう。そうしてまた顔が近づいてくる。何度も何度も、唇をついばまれる。

（これが、ランベールのしたかったキス……？）

まるで慈《いつく》しむような、そして味見をするような。

唇から伝わってくる温もりと、少しの湿り気が心地が良い。くっついて離れるときに、その唇を追ってしまいそうになるくらいには。

「なぜ嫌がらない？」

視点が合わないほど顔の近いランベールにそう問われ、アンリは言葉を失ってしまう。

（嫌じゃないから、なんて言ってしまっていいのだろうか）

どぎまぎしていると、またキス。

「逃げないと、俺は調子に乗るぞ」

いたずらっぽく告げられ、アンリはまた心臓がひと跳ねした。

この先がまだあるということなのだろうか。それは一体、どんなことなのか。ギルドで猥談《わいだん》を聞かされているとはいえ、自分は経験したことがないのだ。

「……調子に乗ったら……どうなりますか？」

思わず尋ねていた。ランベールは一瞬瞠目《どうもく》するが、くくっと肩を揺らした。

「それ、何の算段もなく聞いているよな？　色事《いろごと》の百戦錬磨《ひやくせんれんま》のような口ぶりだが……」

恋愛経験がないことを馬鹿にされたような気がして、アンリはむきになって言い返す。

「わっ、分かんないですよ、モテモテえろえろの百戦錬磨かもしれませんよ……！」

ランベールはさらに笑って、目尻にたまった涙まで拭う。

「いや、すまない。本当に百戦錬磨なら純粋なふりをするだろうよ。それにもし、アンリが何か算段があって『調子に乗ったらどうなる』と聞いてきてくれたのなら、俺は――」

また顔が近づいてくる。これはキスだ、とアンリも目を閉じるが、今度はなぜか感触が違った。唇が触れて離れてを繰り返すのかと思いきや、自分の唇や歯列を割って、ぬるりとした温かいものが侵入してきたのだ。

（し、舌だ……！）

ランベールの舌が口内に割って入り、アンリの舌先と絡む。口内を探索するように彼の舌がうごめき、アンリがどうしたらいいか分からず硬直していると解放された。

そうしてランベールは自分の唇を舐め、先ほどのせりふの続きを口にする。

「俺はその算段に乗せられて、モテモテえろえろ聖職者の神髄《しんずい》を見せてもらうまでだ」

穏やかで優しかったアメジスト色の瞳が、急に獣じみた光を帯びる。

いまさらどんな算段とは聞けなかった。もう一度、あの深い口づけをされたからだ。

ランベールは口づけをしながら、アンリの腰に手を回し引き寄せた。自分の防寒着をアンリと一緒に羽織り、また唇を重ねた。

アルコールの飛んだホットワインに酔ったのか、はたまたランベールのキスのせいなのか、意識がふわふわとし始めた。

アンリは温もりを感じながら、わがままな自分を戒《いさ》めていた。

いずれ王都に帰る人なのに、この人にずっと側にいてほしいと願ってしまうからだ。

それは子育てしながらのクエストが心強いなどという、実用的なことではなくて、ランベールと一緒に人生を歩みたいという、分不相応な願いなのだ。

（でも今夜は……僕だけのランベールみたいだ）

三つ子たちを抱きしめることはあっても、こうやって誰かに抱かれることは幼いころからほとんどなかった。信頼できる人の腕の中とは、これほど心地がいいものなのかと思い知る。

モンスターたちの問題や闇カジノの件は早く解決してほしいが、そうするとランベールが王都に帰ってしまう。そう考えるだけで心臓が何かに絞られるような気がした。

（ああ、そうか。これが恋なんだ）

まさか初恋の相手が王弟殿下になるなんて、思ってもみなかった。


翌日も早くからモンスターの捕獲にいそしんだ。五体ほど捕まえたところで、別の捕獲班と鉢合わせる。

その中心にいたのは聖職者エルネストだった。

他の登録者たちは、エルネストの荷物を持ったり、扇子《せんす》で風を送ったりと、Sランクであるエルネストを王様扱いしていた。

しかし実力はさすがといったところで、睡眠魔法の展開の速さは一秒未満、その効果範囲も大きい。モンスターを一箇所に追い込んだら、一度の魔法で数多く眠らせることができるのだ。

より魔法効果が上がる最新のロッドを振る姿は、天使が舞っているようで、アンリにはまぶしく見えた。
ズ、ズン……と大型のモンスターが地面に倒れると、戦士や剣士たちがロープで捕獲していく。
こちらに気付いたエルネストは、揺れる金髪をかきあげてこちらに歩み寄る。

「はかどっているかな？　こちらから西側はもう全て捕獲したよ、ランベールに私の魔法を見せられなくて残念だな」

得意げなエルネストだが、三つ子を前に二人、背中に一人担いでいるランベールの姿を見るなり顔色を変えた。

「ランベール、その姿はなんだい」

「何って、いつも通りの装備だが」

飄々《ひょうひょう》と応対するランベールでは話が通じないと思ったのか、エルネストはランベールの側にいたアンリに噛みついた。

「君がランベールに子守りをさせてるのか？　SSランクのランベールに？　子守りを？」

エルネストがロッドの先端でアンリの肩を突く。

「ええ、まあ……そうなります」

「なぜ彼が子守りなんてしなければならないんだ、美しくて強いランベールが」

顔を真っ赤にしたエルネストの目が潤んでいた。まるで自分のことのように怒っている。

その気持ちが、なぜかアンリは分かってしまった。

（この人、ランベールのことが好きなんだ）

無理もない、と思う。

（ランベールは、本当に素敵な人だから）

エルネストの一言が、さらに胸を抉る。

「そもそも、自分がランベールの同行者にふさわしいと思ってるのかい？　胸に手を当ててごらんよ。分かるだろう、身の程くらい。自分が足手まといになる可能性を考えたことはないのかい？」

アンリは胸元をギュッとたぐり寄せた。

（僕なんかが側にいるせいで、ランベールの目的の邪魔になっている可能性があることく

らい……僕が一番分かってる）

鳴りを潜めていた劣等感が、今になって押し寄せてくる。少しずつ持てるようになっていた自信をかき消しながら。

エルネストを見上げた。きれいで強くて賢くて、きっと身分も孤児のアンリよりは高い。ランベールと肩を並べるのに、ふさわしい人――。

彼と口づけをして、身体を寄せ合った昨夜のぬくもりを思い出し、アンリは胸が苦しくなった。引き寄せられるようにキスをしてしまったが、本来なら自分はそんな資格はないのだ――と。相手が、ＳＳランクの冒険者ランベールであっても、王弟であるランベール殿下であっても。

『周りの登録者につられて、くだらないものに固執するな』

ふと、いつかランベールに言われた言葉が、脳内でこだました。

ＳＳランクのランベールに釣り合うよう、ランクの昇格に意気込んでいたときにかけられた言葉だ。

ランクはギルドが勝手に決めた基準だ、と。

そう、自分がどうするのか、どうしたいのかのものさしは、自分にしかないのだ。

アンリはうつむいていた顔を上げて、自分の肩を掴んでいたエルネストの手首を掴んで払った。

「ランベールが誰と同行するかは、ランベールが決めることです。僕が彼とパーティーを組むかどうかも、僕が決めること」

言い返したアンリにエルネストが一瞬ひるむ。しかし、鼻で笑われた。

「その判断が、どう見たって身の程知らずだから私が教えてあげているんじゃないか。しかも子守りまで押しつけて――」

アンリはエルネストに向かって手の平を見せた。それ以上言うな、という意思表示だ。

「あなたの価値観を押しつけないでください。僕は僕、あなたはあなた。エルネストさんと僕の間にある境界線を踏み越えないでください」

もう片方のロッドを握っている自分の手は、震えていた。人に意見するなんて初めてのことだからだ。それでもこれだけは譲れなかった。

「子守りだって、したくなければランベールが拒否すればいいことなんです。あなたがコントロールすることじゃない」

負けない、負けるな、とアンリは自分に言い聞かせた。

エルネストはロッドを握りしめて、絶句している。これほどまでに人に言い返される経験がなかったのだろう。しかも、自分よりはるかにランクの低い同業者から言われることなんて。

アンリは胸に誓った。

(僕は強くなる、自分にもっと胸を張れるようになる。子どもたちに恥ずかしくない親として。そしてランベールの――)

そこまで考えて、はたと止まった。

(ランベールの何に、なりたいんだ?)

昨夜キスをした温もりが、突然蘇る。肩を抱いてくれた彼の、手の熱さも。

エルネストに言い返した緊張とは別種の動悸が、アンリを襲った。

あれが室内だったら、いろいろな問題が解決した後だったら、ランベールと自分はどうなっていただろうか。

抱き合ってキスをして、そして……。

(僕は、ランベールの)

ランベールと三つ子たちと食卓を囲む光景、一緒にクエストに出かける光景、背中を預けて戦う光景、そして子どもたちが寝静まった後に抱き合う光景――。

アンリの脳裏に、自分の願望が絵になっていく。

(僕は、ランベールと)

言葉になりかけて、もう一人の自分がこう言うのだ。それはお前には不相応な願いだ、と。相手を誰だと思っている、と。

（言われなくても分かってる）

思いがあふれるほど、もう一人の自分の声が、みじめさを煽る。

――お前がランベールにそれを望む権利はない、と。

エルネストに言っているのか、自分に言っているのか分からないまま、アンリは声を張り上げた。

「分かってるんですよ、僕がランベールにふさわしくないなんて。でも仕方がないじゃないですか、だって――」

（好きなんだから）

言葉にすると、思いに輪郭が生まれる。認めてしまうと、モヤが晴れる。

いつの間にか自分が泣いていることに気付いて、目元を擦った。

（好きでいるくらい、いいじゃないか）

アンリの異変に気付いたようで、エルネストが怪訝《けげん》な顔をする。

そのときだった、アンリの肩に大きな手が置かれる。

振り向かずとも、温もりでアンリは分かった。

「何を揉めている」

ランベールがアンリを庇うように、エルネストの前に立ちはだかる。

「揉めてないよ、彼が勝手に怒って泣き始めたんだよ」

エルネストの言うとおりだ。きっかけは彼だったとはいえ、この涙は彼のせいではなく自分の思いがあふれただけなのだ。

「ちょっと色々思い出して、感極まってしまって……ごめんなさい」

謝罪するアンリを、ランベールに抱かれた三つ子たちが心配そうにのぞき込む。

「大丈夫だよ、みんなお腹すいてない？　何か食べようか」

アンリはランベールから三つ子を預かり、ほほ笑んで見せた。

「すぐに分からせてあげるよ、君がランベールにとっていかにお荷物なのかを」

そうアンリに告げると、エルネストはランベールの腕を掴んでアンリから引き離し、彼に何かをささやいた。

目を見開いたランベールが、エルネストの肩を掴むが、彼はそれを払って「ではモンスター捕獲があるから」と言った。アンリにも手を振るエルネストの表情からは、剥き出しの敵意が消えていた。

嫌な予感がした。嵐の前夜に感じるような、言葉にするには難しい不安がアンリの胸の中でうっすらと影を作る。

「何か……言われたんですか？　エルネストさんに」

アンリたちのもとにランベールが歩み寄ってきた際、尋ねてみたがランベールは首を振ってこう言うだけだった。

「いや……気にしなくていい。問題ない」

嘘をつくのが下手だな、とアンリは思った。いつも宝石のように輝いている彼の瞳が曇っているのが、よく分かるのだから。

それが分かるほど彼を見ている、ということでもあるのだが。

その夜、宿屋に戻ったアンリは夢を見た。

噴水のほとりで幼い自分が泣いている夢だった。聖職者の修業を始めたばかりの頃だ。六歳くらいだろうか。

『こんなところにいたんだね』

探しに来てくれた大司教がアンリの横に座った。祖父くらいの年齢の大司教は、大きな手でアンリの背中をさすった。

『大司教様、どうして僕だけが修業しなければならないの……？　どうして僕は天使の加護を受けてしまったの？』

一般的な教育や農業を学んでいる友人たちが羨《うらや》ましくもあった。自分は聖典の暗記や長時間の祈祷、そして戦闘もできるよう体力もつけなければならないのに。

『井戸の水なんて飲まなければよかった』

数か月前のこと。教会の井戸からくみ上げた水に口をつけた瞬間、水が光り、その水が涸れた草花を蘇らせたのだ。アンリが天使の加護を受けていることが発覚した瞬間だった。モンベルサルトル教会からの『加護つき』の出現は、八十年ぶりだったという。

アンリはそれを恨めしくも思った。自分が天使の加護さえ受けていなければ、普通の子として生きていけたのに――と。

大司教はアンリの頭を撫でて言った。

『加護は偶然ではない、選ばれた者に与えられるんだ。そして選ばれた者には必ず役割がある』

『……やくわり？』

『そう、それは本人が直面してみないと分からない。しかるべきときにその加護の力が発揮できるように、修業しておかねばならないんだ』

大司教はアンリを膝に乗せ、髪をさらりと撫でた。

『聖職者は人を助けるために在る。アンリは小さな子も生き物も等しく助け、慈しむ子だから、加護を得たのだ。きっとすばらしい聖職者になる。覚えておくんだよ、『助けたい』と思ったその気持ちがアンリの原点だ』

――僕の、原点。

その夢から目を覚ましたのには理由あった。宿が騒がしかったからだ。

侍女たちが、慌ててアンリに報告にやってきた。

ランベールの姿がない――と。

――アンリ、リュカ、ジャン、ノエル

朝食を済ませたらこの手紙を持って、ブラン・ロワール地方のシェール城に向かってくれ。俺の城だ。すでに鷹を使って城には知らせている。俺が戻るまで城で待っていてくれ。決して今日ボールゲーム場に来てはいけない。ランベール――。

ランベールの部屋には、そんな置き手紙があった。

「城に行け……？　ブラン・ロワールってここから馬車で一週間以上かかる場所だよ？

一体どういうことだろう、今日が一番大事なときだというのに」

動揺するアンリを見て、ランベールがいないことに気付いた三つ子たちがおろおろと部屋を動き回る。ベッドの下やクローゼットの中など調べ始める。

「らんべうっ、らんべう、どこー?」

ノエルが涙目でランベールを呼ぶ。クローゼットの上に乗っていたカラスがさらりと言った。

「夜ガ明ケナイウチニ出テ行ッタゾ」

アンリがノエルを抱きかかえて、分かるように説明した。

「ノエル……ランベールは一人でご用事があるんだって」

そう、とても大事な、町の運命を決する用事が。

闇カジノの案内を貴族に出している以上、モンスターがいなくても貴族は集まってくる。そこでモローも含め、全員取り押さえよう——という予定だった。

それなのに。

『今日のボールゲーム場に来てはいけない』

アンリはその字面を指でなぞる。脳裏に「戦力外」という言葉がよぎった。

(最後の最後で、邪魔だと思われたんだろうか。やっぱりエルネストさんの言う通りだったんだろうか――）

　急に膝から力が抜けて、ランベールのベッドにへたり込む。

　三つ子たちが一斉に駆け寄って、アンリの顔を心配そうにのぞき込む。

「あんり……だいじょうぶ？」

　口数の少ないリュカが、ぷにぷにの小さな手でそっとアンリの頬を撫でてくれた。

（だめだ、僕がここでしっかりしないとリュカたちが不安になってしまう）

　脳裏には、短いけれど濃密だったランベールと過ごした日々や、彼のいろいろな表情が浮かぶ。喉からこみ上げるような負の感情を飲み込みながら、三つ子たちに笑みを向けた。

「うん、大丈夫だよ。ランベールのおうちに、先に行っててほしいってお手紙だったから。すごく大きなおうちなんだ、行ってみたい？」

　ジャンが興奮気味に「いくっ、おれ、らんべるのおうちいくっ」と両手を挙げた。

　ノエルは不安そうに漏らす。

「おうちにいったら、らんべう、またいっしょできる？」

　その質問にアンリは拳をぎゅっと握って、こう答えた。

「……まだ分からないんだ。でもきっともう一度会えるから」

　ランベールが意味もなく、こんな指示を出すとは思えなかった。おそらく何か理由があるのだと分かっている。だから従おうとアンリは思っている。

その理由を教えてもらえなかったことが、想像以上にショックなだけなのだ。

三つ子たちと食堂に向かう。いつものように豪華な朝食で、出立の知らせを宿にもしていたのか、携行用の昼食まで用意されていた。しばらくすると、ランベールが手配した馬車がアンリたちを迎えに来たのだった。

少ない荷物を載せて馬車に乗り込む。幌馬車ではなく、立派な屋根と扉、そして窓のついた貴族用の馬車だった。しかも馬に乗った護衛が二人もついている。

手厚いランベールの計らいに驚きつつ、アンリはもやもやとしていた。

(どうして、闇カジノの立ち入りに、僕は連れて行ってもらえなかったんだろう)

アンリはそのことばかり考えてしまい、気づけばローブをぎゅっと握りしめていた。

わくわくして窓から景色を見ていたジャンが「あっ！　らんべる！」と叫んだ。

瞬時に反応して窓の外を見ると、ランベールがギルドから出てくるところだった。

三つ子たちに馬車に乗っているように指示し、カラスに見守りを頼んで、アンリは馬車を飛び降りた。

群衆の向こうにいるのは、間違いなくランベールだった。手に持った二つの小瓶をじっと見つめている。あれは回復薬だ、今日の闇カジノ立ち入りに備えているのだろうか。

アンリは謝罪しながら群衆をかきわけて、叫んだ。

「ランベール！」

声に気付いたのかランベールが瓶を見ていた視線を上げる。

そのときだった。

ランベールの肩に手を置き、そっと身体を寄せる白装束の青年がいた。

——エルネストだ。

「そんなものなくても、回復は私に任せてくれたらいいんだよ」

ランベールは視線だけエルネストに移し「ああ」と答えた。

エルネストが頬を赤らめて、ランベールの腕に自分の腕を絡めた。

「昼食はいい店に行こう、今夜は大仕事だからね」

ランベールはそれを振り払うことなく、無言で歩き出す。

町の喧騒《けんそう》が分からなくなるくらい、アンリの心臓は大きな音を立てて跳ね回っていた。

「……ランベール……？」

ランベールとエルネストは、そのまま雑踏《ざっとう》に消えていった。一瞬、エルネストがこちらに気付く。

アンリはなぜか居心地が悪くて「あっ」と声を上げて、おろおろしてしまう。

そんな自分の姿を見て、エルネストはうっすらと笑った。何が言いたかったのか、すぐに分かった。

——これがあるべき姿だよ。

斬りつけられたわけでもないのに、胸元に裂傷《れっしょう》が出来たような痛みが走る。呼吸の仕方さえ忘れた気がする。

二人の会話で分かってしまった。

ランベールは、モロー宰相と対峙することになる闇カジノへの立ち入りに、自分ではなくエルネストをパーティー《相棒》に選んだのだ。

「……あ、リュカたちのところに戻らなきゃ……」

二人の背中を見送ったアンリは、馬車に戻ろうとする。足が地面を踏んでいるのかも分からないくらい、現実感がなかった。

(分かってる、僕じゃ実力不足だって)

客を呼び込む声や物を売り買いする声が、すぐそばでしているはずなのに遠くから聞こえる。

(エルネストさんが実力者で、役に立つことは間違いないんだし)

一歩一歩、足を前に出すたびに、そう自分に言い聞かせる。

(馬車に到着するまでに、気持ちを立て直さなきゃ、子どもたちが心配する)

平衡感覚がなくなっていき、ふらついてすれ違った人にぶつかってしまった。

(選んでもらえなかった、僕ではランベールの助けにならないんだ)

馬車に到着して乗り込むと、三つ子たちがアンリにしがみついてきた。

「あんり、かなしいと……ノエルもかなしい……ふええ」

「あんりっ！　おれがっ！　だっこしてやるっ！」

「……あんり、かなしいかお」

アンリの表情で今の心理状態が子どもたちに伝わってしまったようだ。

こんな状態では親失格ではないか、自分は失格してばかりだ――。

馬車の座席に座ると、手の甲に雫が落ちてきた。

「……あれ」

一粒、二粒、と落ちて、手の甲を流れ、僧服に染みをつくっていく。ランベールが誂《あつら》えてくれた、純白の僧服に。

ノエルがしがみついてきた。

「あんりぃ……ないてるぅ……！」

「えっ、あれ、ご、ごめん……」

涙が止まらない。

「どうしてだろう、おかしいな」

目元を擦っても擦っても止まらない。

リュカがアンリの手をぎゅっと握って、こう言った。

「……ぼくたちが、いるよ」

三つ子たちが抱きついてくれた。三人の体温が冷え切ったアンリの心を温めてくれる。

「リュカ、ジャン、ノエル……」

口々に「だいすき」「かわいい」「だっこしてあげる」と言ってくれる三つ子たち。慰めの言葉が分からず、自分たちが言われて嬉しい言葉をアンリにくれているのだろう。

「ふっ……」

アンリはぎゅっと目をつぶった。今だけ、この子たちの温もりに甘えようと決めたら、まるで堰が決壊したように、涙があふれてきた。

「うっ、ううう……ごめんね、ごめんね。今だけ泣いたら、また……っ……元気になるから……っ、ううっ」

ノエルがぷにぷにのほっぺをアンリの頬にくっつけて、ぐりぐりと押しつけてきた。

「なかないであんり、ノエルのほっぺ、きもちいいからどうぞ～ふえええん」

リュカとジャンも、それに合わせてアンリの頬や手にほっぺをくっつけてくれた。

ぷにぷに、ふわふわ、もちもち。そんな子どもたちの優しさをもらいながら、アンリは今渦巻いている感情を、涙で懸命に押し流した。

「みんな優しい子だ……ありがとう、リュカ、ジャン、ノエル……」

アンリは三人を抱きしめて、日だまりの香りを嗅いだ。


馬車が襲われたのは、町を出たあたりだった。

護衛に当たっていた傭兵が「馬車から出ないでください」とアンリたちに忠告する。

窓からは前方が見えないが、行き先を何者かが塞いでいるようだった。傭兵たちとやりとりをしている。会話ができるということは、おそらくモンスターではなく山賊《さんぞく》かなにかだろう。

アンリはカラスに頼んで、空から状況を確認してもらうように頼んだ。カラスは「人使イガ荒イ」と文句を言いながらも、協力してくれた。

同時に閃光《せんこう》が走り、傭兵たちから悲鳴が上がった。

カラスが上空から叫ぶ。

「目潰シダ、魔道士ガイルゾ！」

三つ子たちは震えながらアンリにしがみついている。

（子どもたちに防御魔法をかけて、相手に睡眠魔法を――）

その瞬間、馬車が突然走り出した。

窓の外には、閃光で目をやられた御者が地面に倒れ込んでいるというのに――。

御者側の小窓が突然開いた。

「大人しくしていたら命は奪わない。お前たちをある人の元に連れて行く」

聞いたことのない低い声がする。馬に乗った魔道士風の男が馬車に併走《へいそう》していた。

（山賊ではなく、僕らを誘拐するのが目的なのか）

三つ子たちが「あんり……」と不安な声を漏らしながらしがみついている。先ほど自分を温めてくれたぷにぷにの手が、冷えきっていた。

突然アンリの身体が動かなくなる。併走する馬から御者席に飛び移った魔道士が、魔法でアンリの動きを封じたのだ。

（しまった！）

言葉も発せられなくなったアンリを、三つ子たちが心配そうに見上げる。

魔道士が馬を走らせている仲間とこう話していた。

「そうだ、先に三つ子からペリドットのペンダントを奪っておくんだったな。高位の悪魔が死ぬときに生成する石には、かなりの魔力が封じ込められているらしい」

グレモリーがモローの悪事を記録した上に、彼女の魔力を封じ込めたペンダントだ。

今はジャンが首に提げていた。

「おい、チビ、それを渡せ！」

魔道士が小窓から手を伸ばす。

(やめろ、手を出すな！)

アンリは動きを封じられているどころか、声すら出せない。三つ子たちは震えながらも、三人で視線を合わせ、うん、とうなずいた。

(何をする気だ？)

ジャンがペリドットのペンダントを外し、ポケットに入れる。

すると三人が急にぐるぐると円を描くように回り出した。

「ふぇぇえ、かくせ、かくせぇぇぇぇ」

ノエルが涙目で叫ぶ。

「くそっ、そっくりでどいつが持ってるか分からねえ！」

魔道士の舌打ちに、リュカが「ぼくもっていない」と言い、ノエルも「ノエルもないよぉ」と叫んだ。

そしてジャンも「おれもっ、ないぞっワハハ」と笑って魔道士を混乱させる。

アンリにとって我が子同然の三つ子は見分けがつくが、他人から見ればそっくりの容貌《ようぼう》なのだ。服は色違いだが、コートは全く同じものを着ていたことも功を奏した。

「お前だなっ」

魔道士がノエルを指さすと、ノエルが泣き叫んだ。

「ノエルじゃないよぉ～、石はジャンがもってるよぉ～！」

すっかりばらしているが、魔道士には残された二人のどちらがジャンか分からない。

「くそっ、ジャンはどっちだ！」

するとリュカとジャンが同時にこう答えた。

「ぼくがジャン」

「ジャンはおれだっワハハ」

なぜか先ほど否定していたノエルも「ふえええ、ごめん～！　ほんとはノエルもジャンなの～」と謎の自己申告する。

らちが明かないと思ったのか、魔道士は「一人ずつ調べてやる」と、御者席の小窓からリュカの服の裾を掴んで引き寄せようとした。

（やめろ、僕の子どもたちにさわるな……！）

魔法で拘束されたアンリは心のなかでそう叫ぶしかなかった。

そのとき、ドドンと地面が揺れ、馬車が浮いた。

床にたたきつけられるように着地すると、窓の外では先ほどの魔道士が倒れていた。馬を走らせていた男も振り落とされて、かなり離れた場所に飛ばされている。

「えっ……？」

驚いた声を上げたことで、アンリは魔法による拘束が解けたことに気付く。

その瞬間、バコ、という音とともに馬車の中が明るくなった――もとい、屋根が外れた。

全員で上を向くと、脇にカラスがちょこんと止まっていた。

「コイツラハシバラク起キナイ、行クゾ」

「お、起きないって、カラスがやっつけてくれたの……？　いや、そんなまさか」

アンリの狼狽に、カラスはため息をついて、突然羽を広げた。すると、むくむくと身体が大きくなっていく。

三つ子たちは「からす……せいちょうしてる」などと驚いているが、アンリは身構えた。

ぱっと黄緑色の光を放つと、屋根の取れた馬車の上部に止まっていたカラスは、青年の姿に変わっていた。

褐色肌に銀色の長い髪、全身真っ黒のクラシカルな正装。蝋《ろう》人形のように整った、表情のない顔。そして背中には見覚えのある黒い羽……。

「これで信じられるか」

カラスだった青年は、こちらに指を向け、クイと小さく動かす。

するとアンリと三つ子たちは、ふわりと身体が浮く。

「ふ、ふわわわ、おそら、とんでる、ふえぇぇぇえん」

ノエルが喜んでいるのか泣いているのか分からない叫び声を上げている。

「安全な場所に一旦移る、周囲に気付かれないよう黙っていろ」

カラス――もとい銀髪の青年は、そのままアンリたちに向かって呪文を唱えた。

アンリはその呪文を知っていた。転移魔法だ。SSランクの魔道士だったモロー宰相など、数えるほどの魔道士しか使えないと言われている――。

移動した先は、アンリがいつも炊き出しを手伝っている教会だった。

突然礼拝堂に現れた一行に、司教が驚いて尻餅《しりもち》をついている。

「司教さま、ごめんなさい。僕たちいま町を出たところで馬車が襲われて……少しかくまってください」

アンリは説明すると、カラスだった青年に視線を移した。

背はランベールと同じくらいの高さで、見とれるほどの美貌の青年だ。人間と違うのは黒い羽が背中に生えていること。

「……本当に、カラスなの？」

アンリの質問に、カラスだった青年は「うむ」とうなずいた。

「そう警戒するな、この二年ともに暮らした仲ではないか」

「だって魔族だったなんて聞いてない……話せるから血が混じっているかなとは思っていたけれど」

とはいえ、警戒しているのはアンリだけだった。三つ子たちはカラスだった青年の脚にしがみつき「こわかったぁ」などと大きく息を吐いている。彼が自分たちを見守ってくれていたカラスだと、本能で分かっているのだ。

カラスだった青年は、悪魔伯爵ラウルと名乗った。

「悪魔伯爵……って、魔族でもかなり高位の……」

「そう、そして悪魔公爵グレモリーの弟でもある」

ラウルは三つ子たちを指さして「つまり、この三つ子の叔父にあたる」と付け加えた。

アンリは大声で驚いたものの、納得したのだった。

カラスはいつも三つ子たちを見守ってくれていた。アンリに協力するというよりは、三つ子のために存在していたのだ。

「……そうか、ずっと甥っ子たちを見守ってくれていたんだね」

ラウルは無表情のまま、ゆっくりとうなずいた。

「赤ん坊たちがグレモリーの領地から攫われたと聞き、追ってみるとお前とともにいた」

ラウルは、三つ子とアンリの見守りを続けたいきさつを語った。

高位の魔族は階級があり、グレモリーは「公爵」、ラウルは「伯爵」で、序列を与えられている。人間との子を産もうとしたグレモリーは罰として出産と同時に地位も命を奪われたが、生まれた子どももまた罪人として冷遇《れいぐう》されるのだという。

ラウルが子どもたちを引き取ることは許されなかったが、グレモリーの領地で育つのを見守るつもりではいた。ほどなくして三つ子が人間に攫われ、ラウルは捜索を始めたのだという。

そしてラウルは打ち明けた。

すぐに赤ん坊を奪い返して連れて帰るつもりだったが、アンリが一生懸命育てているのを見て、もう少しそばで観察しようと思ったこと。

魔族の中でも生きづらい三つ子たちが人間の社会になじめるなら、それでもいいと思うようになったこと。

同時にモンスターの連れ去りが相次いでいたので夜な夜な調べに出ていたこと――。

「三つ子たちが悲惨な扱いを受けていれば、すぐにお前を襲って連れて帰るつもりが、二年も一緒に過ごしてしまったな……」

さらに三つ子たちのペリドットにグレモリーのメッセージを記録させたのも、ラウルなのだという。

「私は産むのを反対したがグレモリーは聞かず、命と引き換えに三つ子を産んだ。だったらこの子どもたちの成長を見守るのが、自分の役目だろう。まさか魔族と一番相性の悪い聖職者と、子育てをするとは思わなかったぞ」

これまでの日々を思い出し、ラウルはくすくすと笑った。

「そうだったんだね……一緒に見守ってくれてありがとう、ラウル」

ラウルは首を縦に振った。

「お前は好ましい人間だった。三つ子を預けるのには十分なほど。ただ人間社会で一人で三つ子を育てるのは過酷だろうとも思い、いつかは正体を明かし、お前と三つ子を魔族の森に連れて帰ることも思い描いていた」

それもランベールが現れるまでは、とラウルは言った。

その言葉にアンリは、ずきっと胸が痛む。

「……いや、僕はもうパーティーから外されたから……きっとギルドのランクもランベールと一緒じゃないからFランクに戻っているよ」

「くだらないことを」

ラウルは鼻で笑って、手から教会の壁に向けて光を放った。

ペリドットから悪魔公爵グレモリーが映し出されたものと同じ投影魔法だ。

そこには、昨日の様子が映し出されていた。モンスターたちを眠らせて捕獲する作戦中に、エルネストの班とかち合ったときの……。

エルネストがランベールをアンリから引き離し、彼に何かをささやいた瞬間だった。

それを近くの枝に留まっていたカラスことラウルが見ていたのだ。

映し出されたエルネストは、ランベールに顔を寄せてこう言った。

『彼にはジュースに魔法薬を混ぜて飲ませたんだ。今は無害だけれど』

ランベールが瞠目して、聞き返す。

『アンリに？　今は無害ということは』

『そう、私が魔法薬を発動させたら毒に変質する』

『貴様……』

エルネストは爽やかに笑って、肩をすくめた。

『怖い顔しないでよ、明日、行くんだろう？　ボールゲーム場。その相棒に私を選んでくれれば解毒用の魔法薬をあげるよ。難しい話じゃないだろう』

黙り込んだランベールの肩を、エルネストがなれなれしく叩いた。

『明日、朝一番にギルドで待ってるよ。私をパーティーとして登録してもらうからね……大丈夫、すべてうまくいくよ。私はSランクなんだから』

――ラウルの投影が終わらぬうちに、アンリははっと口元を押さえた。

（ジュース……木いちごのジュースだ！）

ランベールとのパーティー登録で激昂したエルネストから、謝罪がわりにギルドでごちそうになった――。

アンリはエルネストとのやり取りを思い出す。

『はい、木イチゴジュース。私もこのギルドではこれが好きなんだ』『これ飲むと元気が出るよ、たまに声かけて。一緒に飲もう』

エルネストがアンリに手渡したあのジュースに、魔法薬が入っていたというのか。

急激な吐き気を催した。まさか同じ聖職者に一服《いっぷく》盛られるとは思ってもみなかったのだ。

ラウルはエルネストの魔法薬についても調べていたようで、解説してくれた。

「あのエルネストとかいう聖職者が魔法を発動させれば、お前の血肉になった魔法薬が毒に変わり全身に行き渡り、苦しみながら死ぬだろう。逆に、エルネストの魔法発動の範囲外に出てしまえば無害だ」

（だから遠方のランベールの城に行けと言われたのか……）

アンリは教会の座席に、ストンと腰を下ろしため息をついた。

（僕のために……）

ランベールに戦力外扱いされたわけでも嫌われたわけでもなかった——と分かった安堵と、彼の足を引っ張ってしまったことへの情けなさで、全身から力が抜けてしまった。

そのとき、礼拝堂の扉がゆっくりと開いた。同時にラウルがカラスの姿に戻る。

「あの〜」

十歳くらいの男児二人組が覗いていた。

男児たちはこの寒いなか、薄着で裸足だった。

「おれたち、ここでコートがもらえるって聞いて……」

別室から司教が出来てきて、彼らを歓迎する。

「ああ、そうだよ。よく来たね。温かいスープがあるから飲んでお行き。防寒着も靴も、たくさんあるからね」

アンリが報奨金から購入したコートは、もう配り終えたと聞いていた。それに靴は買っていない。誰かが買い足してくれたのだろうか——。

不思議そうに見ているアンリに、司教が「知らなかったのか」と教えてくれた。

「国王から全教会に、困窮者の越冬《えっとう》のための支援品が届いてるんだよ。炊き出しに必要な食材や道具まで。突然のことに、教会関係者みんなで驚いているんだけど、ありがたいことだよ。今年は凍死者が出ないかもしれないね」

ランベールだ、とアンリは確信した。コートを寄付した帰りに、彼が鷹で出した手紙の内容が実現したのだ。

司教は子どもたちに真新しい手袋も与えた。

ふと、自分が貧民街の少女にこう言ったことを思い出す。

『手がすごく冷えてるじゃないか……今度来るときは手袋も持ってくるね』

（ランベール、そんなところまで……）

アンリは国王に鷹を飛ばした際の、ランベールの言葉を思い出していた。

『全ての民のために身を粉にしなければならないのは為政者なんだ。兄や俺たち兄弟、そして高官や貴族。あの少女のように、防寒着も持たない子どもたちがいるのは、俺たちの怠慢《たいまん》なんだ』

アンリは涙を拭って、尋ねてきた兄弟たちに防寒着を着せるのを手伝った。そして司教にしばしの別れを告げると、馬車の手配を始めたのだった。

肩に乗ったカラス姿のラウルに礼を告げる。

「……教えてくれてありがとう。僕たちブラン・ロワール地方のシェール城に行くよ。ランベールは強いから、僕がいなくたって全て解決できる。足を引っ張るのだけはいやなんだ」

自分が魔法薬によってエルネストに命を握られている以上、自分にできることはランベールの足手まといにならないことだ。

彼の、国への思いを知っているから、民への思いを知っているから、余計に今回の作戦の足を引っ張りたくないのだ。町の住民だけでなくモンスターにとっても非道な闇カジノ計画を潰す作戦の――。

手配し直した馬車に、アンリは三つ子とラウルを連れて乗せる。

不安そうにしている三つ子に、アンリは言い聞かせた。

「大丈夫、立派なお城にいくだけだよ。少し時間がかかるけど。まもなく日が暮れるから次の町までとりあえず移動しよう」

御者に発進を指示しようとした矢先、聞き覚えのある声がした。

『あのーお取り込み中すんまへん』

馬車の屋根から、ひょっこりと顔を出したのは――。

「ケット・シー！」

人間の町まで連れて来られた経緯を打ち明けた見返りで、解放されて魔族の森に帰ったのだと思っていた。

「どうしてここに？」

『そこのモンスター使いの荒い伯爵様に聞いたってや……』

ケット・シーは開いたドアからぴょんと馬車の中に乗り込む。よく見ると身体が透けている。その青い被毛の身体をぶるぶると震わせると、透けていた身体がしっかりと見えるようになった。

アンリの肩から、ラウルが偉そうに「報告ナラ早クシロ」と指示する。

ラウルによると、ケット・シーは体を保護色にできるので、ラウルが密偵《みってぃ》を命じ、モローの周辺を探らせていたのだという。

『そうそう大変なんや。眠らせて一箇所に集められてたモンスターたちおるやろぉ？　モローとかいうおっさんが、転移魔法で全部ボールゲーム場に連れてきて、ランベールを殺すつもりやで』

アンリの喉がヒュッと音を立てた。

『嘘やないで。集まった貴族は安全な場所から見学させて、大量のモンスターとランベールの死闘で賭け事するんやて』

「なぜランベールがそんな日に」

詳しくは分からんけど、とケット・シーは短い腕を組む。

『いっぺん集めた客を「やっぱやめた」って帰らせたら不満が残るから、モンスターと人間の不平等な殺し合いでも見せて全員を共犯にしようって魂胆らしい。集められたモンスターの場所は、とうに知っとるみたいやったな』

誰かが漏らしたということだ。ギルド登録者はクエストとして請け負っているかぎり、依頼人や依頼内容を口外するのは禁じられているが、今回は関わっている人間が多いので情報が漏れる可能性だって多分にあった。

それで闇カジノの計画が頓挫《とんざ》すれば、それもいいと思っていたのだが、まさかその代わりにランベールが狙われることになるとは——。

「それをランベールは知ってるのかな」

『知るわけないやろ。昨夜モローとかいうおっさんが美人の兄ちゃんとこそこそ話しているのを、俺が聞いてきたんやから』

ドクン……と心臓が跳ねる。同時に、肩に乗ったラウルが「アンリ」とささやく。

（美人の兄ちゃん……？）

嫌な汗が額を流れる。まさか、と思いながらもアンリはケット・シーに尋ねた。

「美人のお兄さんって、もしかして白い僧服の……」

『あれっ、なんで知っとるん？　そうそう、白い僧服に金髪の、どっかの王子か姫さんみたいな兄ちゃん』

まあ俺はアンリのほうが可愛いと思うで、などと頬を染めるケット・シーの向かいで、アンリはラウルと顔を見合わせて確信した。

「エルネスト……？」

ラウルが投影魔法で、エルネストの姿をケット・シーに見せると『この兄ちゃんや』とケット・シーはうなずいた。

モンスターの捕獲作戦に参加した彼なら、集めた場所も知っている。漏れて当然だ。

事態は深刻だった。エルネストとパーティーを組んで闇カジノに乗り込もうとしているランベールは、味方にもすでに裏切られているのだから。

「大変だ」

アンリは西の空を見る。日が完全に沈もうとしているところだった。

闇カジノの客は、ボールゲーム場に日没に集合だったはずだ。

きっとまもなくランベールがエルネストと突入する。どのタイミングでエルネストに寝首をかかれるか分からない。

「ランベールを助けなきゃ」

単独で複数の敵と対峙することは、実力者のランベールにとって何ということはないだろうが、今回の相手は数十体に及ぶモンスターに、SSランクの魔道士だったモローとその私兵、味方のはずのSランク聖職者のエルネストだ。囲まれて乗り切るのは難しい。特に魔道士と聖職者の魔法に対しては、攻撃に特化したランベールには、避ける以外に防ぐ術がないはずだ。

「ランベールノ城ニハ行カナクテイイノカ」

カラス姿のラウルが尋ねる。

アンリはうなずいて、ラウルに三つ子たちを頼んだ。安全な場所で待っているように、と。ラウルが高位の実力ある悪魔で、三つ子たちの叔父だと分かれば安心して預けることができる。

とはいえ、アンリがボールゲーム場に向かっても、厳重な警備で突破できない。

「そうだ、ラウル。転移魔法でボールゲーム場内に僕を飛ばせない？」

突如人間の姿に戻ったラウルは首を左右に振った。モロー宰相がすでにボールゲーム場に強固な結界を張り、外からの魔法干渉を防いでいるのだという。周到だ。

アンリはぎゅっと拳を握って、考えを巡らせた。

(僕の支援魔法でも干渉できないってことか……どうしよう、入り口で戦闘になる覚悟で乗り込むか？　僕は攻撃する術を持っていないし、外部からの魔法干渉を防がれているなら睡眠魔法も効かないし……中に……なんとか中に入りさえすれば)

考えろ、考えろ。アンリは自分に言い聞かせた。

(何とか中に……)

ふと、ケット・シーの報告を思い出した。

『眠らせて一箇所に集められてたモンスターたちおるやろぉ？　転移魔法で全部ボールゲーム場に連れてきて――』

「そうだ！」

アンリはラウルに転移魔法を頼んだ。行き先はボールゲーム場ではなく――。

「モンスターたちを眠らせて捕獲している、西の森へ！」

ラウルは「良い案だ」と口の端を引き上げて、右手の指でくるりと円を描いた。

光に覆われたかと思うと、そこは真っ暗な森の中だった。

眠らせているモンスターが起きたときのために、さらに睡眠魔法をかける魔道士と、念のため討伐できる攻撃特化の登録者たちが交代で見張りをしていたため、頼れるのはそのたき火の明かりだけだ。

ケット・シーが長い尻尾を握って、ふっと息をふきかけると、そこに火が灯った。

『足下きいつけてな』

気遣いのできるモンスターらしい。その姿に三つ子たちが興味津々だ。

「しっぽもえた、ふええ、かわいそう～！」

「しっぽはっ、やいても、たべられないぞっ」

ノエルとジャンが勝手なことを言うので『食べるかいっ』とケット・シーが言い返す。

そんなやり取りが楽しいのか、三つ子たちはきゃっきゃと笑っていた。

見張りに聞くと、今のところモンスターに変化はないようだ。

アンリは急いで一番大きな獣の側に駆け寄り、その足と自分の身体をロープでつないだ。

物理的にモンスターとつながっていれば、モローが転移魔法で彼らを呼び寄せた際に一緒に行けるはずだ。

その様子をラウルに抱かれたジャンとノエル、ケット・シーに抱かれたリュカが見守る。

「あんり……」

心配そうにリュカが呟いた。

「大丈夫だよ、すぐ帰ってくるから」

「ほんとに？　ほんとに？」

ノエルが涙声で尋ねてくるので、こくりとうなずいた。そして心の中で自分に言い聞かせる。

(帰ってくるんだ、ランベールと一緒に)

『せやかてアンリ、あのモローとかいうおっさん、かなりの魔道士やで。あんた死んでまうで……！』

死ぬ、という言葉に、三つ子たちがぴくりと反応する。

同時にモンスターたちが淡く光り始めた。

「転移魔法が始まった！　みんな、モンスターから離れて。ラウル、子どもたちをよろしくね」

ラウルはこくりとうなずいた。無言だが、信頼できるまなざしだった。いつも見守ってくれていたカラスと同じ目だ。

「あんり！　あんりぃ！　やだああああ！」

普段は物静かなリュカが、突如大声で泣き始めた。おろおろするケット・シーから飛び降りると、モンスターと一緒に転移魔法の光に包まれたアンリに向かって、リュカが駆け出した。

「リュカ！　だめだ！」

アンリが叫んでもリュカは止まらず、どすんとアンリの胴体に飛びついた。

ケット・シーの『ひぇえ、あかん』という悲鳴が聞こえた。その奥でラウルが何かを叫んでいる。

その瞬間、まばゆい光に包まれる。何も見えないが、胸元にはリュカの体温を感じていた。

森が昼になったかのように明るくなり、その光が天を目指すように一直線に伸びた。

光が消えてしまった西の森では、見張りをしていた登録者たちが唖然としていた。

眠らせていたモンスターたちが一体残らず消えていたのだから。そしてその場にいた、アンリたちも——。

＋＋＋＋＋

日暮れと同時に、ランベールはボールゲーム場の入り口の警備兵たちを蹴り飛ばし、中へと立ち入った。後ろからエルネストも駆け足でついてくる。

彼が背後にいることそのものに、ランベールはピリピリとしていた。同時に、いつの間にか自分がアンリに安心して背中を預けていたことを実感する。

(三つ子もまとめて俺が守ってやるなんて言ってたくせにな……)

ランベールは自嘲しつつ、中の警備兵を殴り飛ばした。

手っ取り早く片付けて、アンリたちが向かっているであろう自分の城に出発したかった。

置き手紙をして宿から姿を消したことを、ランベールはわずかに後悔していた。

本来なら、夜のうちにアンリに魔法薬のことを打ち明け、モローとの決戦には連れて行けないと説明すべきだったとは分かっているのだ。

なのにできなかったのは、アンリが傷つく顔を見たくなかっただけなのだ。

事実を知ったアンリは、魔法薬入りのジュースを飲んでしまった自分を責めるだろう。そのせいで闇カジノを防ごうという約束が果たせないことも。涙もろい面もあるため泣いてしまうかもしれない。

だから真実を知らせず置き手紙という方法を選んだ。いつもしかめっ面の自分と違って、アンリには三つ子に囲まれて笑顔でいてほしい、と思ってしまったのだ。そして、危険な目に遭わせることなく、大切に大切に城の奥に閉じ込めてしまいたいという欲望も——。

広いホールに出ると、奥で一人、宰相のモローがひとりがけのソファに座っていた。

「おやおや、困った人だ。今日は貸し切りなんですよ」

ランベールはすらりと剣を抜いて、わざとらしく首をかしげた。

「おかしいな、招待状をもらったつもりだったが」

乱暴ですねえ、とため息をつきながら、モローは手を叩く。すると薄暗かったホールに次々と明かりがともされる。

浮かび上がる周囲の光景に、ランベールは言葉を失った。

並べられたソファに、着飾った貴族たち十数人がずらりと座っているのだ。歓談しているというより、高級酒を片手に全員がこちらを見物している、と表現した方がいいのかもしれない。そのニタニタと品のない表情も、ランベールをいらつかせた。

モローが弟子らしき魔道士に声をかけると、その貴族たちのいる一帯に防御魔法が張られた。それを展開した魔道士が低レベルでなければ、剣も矢も魔法も、そのほとんどは貴族たちには届かない。

モローは貴族たちに声を張り上げた。

「お待たせしました皆様、主役が入場しましたので、これより開始いたします。さあ側にいるボーイにお伝えください。〝どちらに、いくら賭けるのか〟」

ボーイらしき青年の一人が、大きな紙を掲げて貴族たちに見せていた。ランベールが目をこらすと、こう書かれているのが見えた。

——ランベール　それとも　モンスター軍団？

「……どういう意味だ」

モローをにらみつけた。

「書かれている通りですよ。町を襲う計画は、モンスターの配置を変えられてしまったので出来なくなりましたからね。設定していたオッズも狂ってしまった。代わりの余興《よきょう》が必要でしょう？」

ランベールは状況を把握し、不敵に笑って見せた。

「なるほど、闘犬ごっこをしようって魂胆《こんたん》か。しかし並のモンスターではすぐに終わってしまうぞ。高位の魔族ぐらい連れてこないと」

「誰がモンスターは一体だと言いましたか？　あなた方が一箇所に捕獲しているモンスターたち全てですよ」

小さく舌打ちをした。捕獲場所もばれていたのか。

「あ、そうそう。あなたが同行していた聖職者と三つ子たちは、私の一番弟子が襲撃しているところです。三つ子と、三つ子が持つグレモリーの石は、じきに私のもとに来るでしょう。聖職者の生死にはこだわっていませんので、抵抗したなら殺されているでしょうが」

ぐっと喉が鳴り、心臓がばくばくと音を立てた。まるで長距離を走ったかのように。

（アンリと三つ子たちを、襲撃――？）

生まれて初めて経験する、恐怖だった。

（アンリの――死？）

野営でたき火にあたりながら、アンリを自分の腕の中にすっぽりと抱いた二日前の光景が浮かぶ。

寒いか、と聞いたら「ぽかぽかします」と照れ笑いをしたアンリの顔が。

自分を「百戦錬磨のえろえろ」などと言って、その言葉の品のなさに顔を真っ赤にして後悔するアンリの顔が。

緊張で気道が狭《せば》まった気がした。自分でも処理できない恐怖と怒りが、呼吸の仕方すら忘れさせる。

「……貴様」

「怖い顔で睨まないでください、三つ子たちに危害を加えてもいいんですか？」

剣の柄をぐっと握り、ランベールは立ち尽くした。

「あなたを殺し損ねたのが、そもそも計画失敗の始まりでしたね。その責任、身体を張って取ってもらいますよ」

モローの言葉に、ランベールがぴくりと反応した。

(殺し損ねた?)

「おや、気付いていなかったのですね。私の転移魔法で弟子をあなたの背後に送って、不意打ちさせたんですよ。回復薬では間に合わぬほどの致命傷だったはずなのに、あなたはピンピンしていた。不思議ですねえ」

闇カジノを開催するにあたって、腕利きの登録者は邪魔になるので先に殺すつもりだった、とモローは楽しそうに語った。「噴水広場でお会いしたとき、あなたが生きていたので驚きましたよ」と。

キノコ狩りくらいしかクエストのない平和な森で、なぜ自分が背後から狙われて瀕死に陥ったのか――ここでようやく判明する。モローによる暗殺だったのだ。

そして、弟子は見事魔法でランベールを背中から打ち抜き、目論みは成功――するはずだった。

出くわしたアンリが「天使のキス」で瀕死のランベールを助けなければ。

失いかけた意識を取り戻し、アンリの心配そうな顔が飛び込んできた、あの出会いの瞬間をランベールは思い出す。

（あのとき、本当は一瞬天国で天使に迎えられたのかと思ったんだよな）

神など信じていないはずだったのに、なぜかアンリがそう見えたのだった。

腕利きの登録者の暗殺、というフレーズにランベールははっとした。腕利きと言えば、このエリアのギルドではSSランクのランベールとSランクのエルネストのことだからだ。

はっとして横に立つエルネストを見ると、彼は肩をすくめた。

「私も狙われたよ、一年ほど前の話だけどね」

無事だったのかと思いきや、エルネストはランベールの横からゆっくりと距離を取り、ホールの端で自分にだけ防御魔法をかけた。

どういうことだ、と問いかける前にエルネストが打ち明けた。

「殺される直前に、彼らに手を組もうと提案したんだ。私は魔法薬も作れるから役に立てるはずだ――ってね」

そう言ってモローと視線を合わせ、二人で微笑んで見せた。

アンリの言葉を、ランベールは思い出していた。モローの得意とする転移魔法は、錯乱魔法と相性が悪く、同じ人物が習得することができない――と。モンスターが錯乱状態にあったのは、他の魔道士が錯乱魔法を展開していたからだと思っていたが……。

「そうか、モンスターたちの錯乱はお前の魔法薬の仕業だったのか」

エルネストは肯定する代わりに笑みを浮かべ、ランベールが悪いのだ、となじった。

「協力するのは魔法薬だけだと思っていたんだよ？　でもSランクの私を選ばずに、Fランクの子連れ聖職者となんか組むからいけないんだ。少し痛い目をみて後悔してほしいんだよ、私と組んでいれば命だって狙われなかったかもしれないんだから。そして私に謝ってくれる？　『エルネストと一生パーティーを組む』と誓ってくれたら、許してあげるからさ」

　エルネストは最初から裏切り者だったのだ。聖職者の身でありながら、町をモンスターに襲わせる闇カジノという非人道的計画に賛同し、モローの手先となって――。

　モローはくすくすと笑った。

「パーティーは無理でしょうが、死ぬ前に謝罪を聞くことができたらいいですね」

「……どういうこと」

　モローの言葉に、上機嫌だったエルネストから表情が消える。

「言葉の通りですが」

　エルネストがモローに詰め寄る。

「ここまで来たらアンリは殺しても、ランベールは殺さないって言ったじゃないか、モンスターを使って痛めつけるだけだって。だから私は――」

モローがにこにこしながら、「まあお黙りなさい」と右手をエルネストにかざす。

激しい衝撃とともに、エルネストは吹き飛ばされ、壁に激突した。防御魔法を展開していなければ即死だったに違いない。壁に寄りかかるように気を失っている。

エルネストのＳランクは伊達ではない、実力はかなりのものだ。だがそれを優に超える力がモローにはあった。

「あなたを殺さずにいてあげただけでもありがたいと思ってほしかったのですがねえ……私との実力の差も分からないほどでは、今後も役に立ちませんね」

元ＳＳランク、伝説の魔道士モロー。その力は想像以上のようだ。

ランベールはぐっと剣の柄を握った。モローを斬りつけようと狙うが、全く隙が見つからない。防御魔法のできないランベールは、先ほどのエルネストと同じ攻撃を受ければ、遺体すら残らない死に方をするかもしれない。

そうしているうちに、モローが呪文を唱えた。

「大量のモンスターをこちらに移すので骨が折れますねえ。それではご検討を祈ります、冒険者さん。死んでもいいのですが、少しは抵抗してお客様を楽しませてくださいね」

ランベールは、覚悟を決めて剣の柄を握りしめた。防御魔法で守られた安全な場所から、貴族たちが声援や罵声を送ってくる。

モンスターを一網打尽にしてしまえば、捕らえられたかもしれない三つ子の身に危険が及ぶ。

かといって自分がやられてしまっては、闇カジノやこのような非道な闘技賭博が今後も展開されてしまう。

さらには悪魔公爵グレモリーが言っていたように、モローがモンスターや魔族と人間の混血児を利用して、国を支配しようとするかもしれない。

(俺はどうすればいい)

(アンリや三つ子は無事なのか)

(モローをこのままのさばらせておくわけにはいかない)

部屋がぱっと明るくなる。転移魔法の光のようだ。ランベールは目がやられないように腕で目元を隠した。

光が収まると、粉塵の中に数十体のモンスターたちが伏せっていた。まだ眠っている。

モローが呪文を唱え、モンスターの睡眠魔法を解いた――その時だった。

「ランベール!」

聞き慣れた、凛とした声がホールに響いた。アンリのことが気がかりでついに幻聴が聞こえるようになったのか――と思ったが、もう一度その声が聞こえる。肉声だった。

「ランベール、無事ですか！」

声の主は、ホール中央に伏せっている、大きなモンスターの側にいた。

粉塵のせいで姿ははっきりしないが、間違いなく彼の声だった。

「……嘘だろう、なぜここに……アンリ！」

ランベールの声は、震えていた。

言いたいことがたくさんあるはずなのに、一つも出てこなかった。

無事だったのか、怪我はないか、襲撃されたのは本当か、三つ子は無事か――。

何より生きていたことに安堵した。

そして生まれて初めて、感情が溢れる、という経験をした。

（ああ、好きだ）

5

西の森で、転移魔法の光に包まれたアンリは、一瞬の浮遊感の後、どすんと床に落ちた。

ひんやりと冷たい、大理石の床だった。

腹には目を閉じたままましがみついているリュカ。

そのホールらしき場所は、灯された照明で明るかった。辺りを見回すと、モンスターたちの向こうに、着飾った貴族らしき人たちが興奮気味でこちらを見ている。どうやら防御魔法で守られているようだった。

（やっぱりここはボールゲーム場だ）

確信したアンリは、ランベールの名を呼んだ。

「ランベール！」

最奥の人影がぴくりと動いた気がした。

「ランベール、無事ですか！」

叫びながら、アンリはモンスターとつながっていた腰のロープを解いた。彼らはモローに睡眠魔法を解かれようとしているので、じきに覚醒《かくせい》してしまう。

「……嘘だろう、なぜここに……アンリ！」

その声は、紛れもなくランベールだった。

アンリはしがみついていたリュカを抱き上げ、目覚め始めたモンスターたちの間を縫い、声の主の元へ走る。

粉塵《ふんじん》が収まり始めた瞬間、目の前にランベールの顔があった。

「アンリ！」

アンリはリュカごと、ランベールに勢いよく抱きしめられた。

「ああ、よく無事で……！」

背中に回されたランベールの手は震えていた。「無事でよかった」と言いたいのはこちらのほうなのに、あまりにもぎゅうぎゅうに抱きしめるので、言葉を発することができない。

しかし、彼の胸から伝わってくる温《ぬく》もりと鼓動に、アンリはランベールの無事を実感したのだった。

二人の間に押しつぶされたリュカが「くるし……」と訴えて、二人は慌てて身体を離す。

「リュカも！　ジャンとノエルは？」

ランベールが見回すと、背後から「らんべぇ」と愛らしい声がする。

そこにはジャンとノエルを抱いたラウルが立っていた。

「まったく三つ子は無茶をする……さすがグレモリーの子だ」

ラウルの黒い羽をみるなり、ランベールが「魔族か」と険しい顔をする。アンリはあわてて説明した。

「あのカラスですよ！　悪魔伯爵ラウル、グレモリーの弟です。僕だけモンスターと一緒に転移して乗り込むつもりだったんですが、リュカたちもついてきちゃって」

説明している暇はないので、敵ではないとだけ伝えると、アンリはロッドを構えてモローを向いた。

数十体のモンスターの向こうに、にこにこと笑うモローが上等な椅子に座っていた。

「その様子だと、私の弟子たちは襲撃に失敗したようですね。まさか魔族が味方にいるとは……」

ラウルが鼻で笑った。

「あの程度の弟子しか育てられないのなら、師もその程度ということだ」

馬鹿にされたモローの笑顔は、わずかに引きつったように見えた。

ランベールはアンリに詰め寄った。

「なぜここに来た、お前の身体は――」

アンリはランベールの唇を指で押さえた。

「分かってます、エルネストさんの魔法薬が発動すれば、僕は毒に侵されて死ぬんですよね。でも、エルネストさんが裏切り者だと知って、いてもたってもいられなくて……」

アンリはランベールの唇に触れた指先を、今度は自分の唇に移動させた。

「あなたがいなくなるなんて耐えられないから。僕は、何を引き換えにしてもあなたを助けたい」

「アンリ……」

ホールの隅でその魔法薬を飲ませた張本人――エルネストが気を失っていることに気付く。仲間割れしてモローにやられたのだという。当面、アンリの体内に残っている魔法薬は気にせずに済みそうだ。

「では、このモンスターたちを起こしてあげましょう」

椅子にゆったりと座ったまま、モローが手をかざす。

アンリはリュカをラウルに預け、ロッドを構えた。ラウルは三つ子をふわりと浮かせて、自分とともに防御膜を張る。そして、アンリに声をかけた。

「子どもたちのことは心配するな、お前が信じたように戦うといい」

「ありがとう、ラウル！」

モンスターたちはよだれを垂らし、アンリたちを見て威嚇している。やはり錯乱は続いているようだ。

「まずモンスターたちを眠らせます、彼らも無理やり連れて来られた被害者なんだ」

とはいえ、一度の発動で眠らせられるのはせいぜい五体なのだが、連続して展開すれば何とかなるかもしれない。

アンリがロッドをかざし睡眠魔法を発動しようとした矢先、バチンとはじけるような音がして、展開しかけた睡眠魔法が消えていた。

モンスターの群れの向こうで、モローがくすくすと笑っていた。指先が光っている。おそらく魔法を無効化したのだろう。無効化魔法が存在するとは聞いていたが、実際に使いこなせる魔道士は聞いたことがなかった。

(この人、本物なんだ……)

ソファーが並んだ客席から「眠らせるな！」などとヤジが飛ぶ。

「眠らせたら決闘にならんだろうが！　余計なことをするな」

貴族たちは酒を飲みながら、楽しそうに賭けに興じていた。アンリたちが現れたことでさらに盛り上がっているらしい。

怒りで目の前が真っ赤になった。

(この貴族たちは……モロー宰相は……命を何だと思っているんだ……！)

モンスターたちが錯乱状態で襲いかかってくるのを、ランベールとアンリは防ぐしかない。防御魔法を展開しても、モローが阻《はば》むのでいたちごっこだ。

じれたランベールが、剣を構え直した。剣先がギラリと照明を反射する。

「このまま消耗戦に持ち込むと、人間が圧倒的に不利だ。モンスターたちには悪いがここは――」

「待ってください、モローに阻まれない魔法が一つだけあります」

アンリのアイデアを察したランベールが瞠目する。

「……『天使のキス』か？　確かに錯乱を解消することはできるだろうが、一体一体拘束してキスするのは無理が――」

「やれることをやってみます」

そう言ってアンリはモンスターに向き直り、ロッドを床に置いた。

「助けたいんです、操られたかわいそうなモンスターたちも、ランベールも」

大きく息を吸うと、アンリは手元で手を組んだ。

そしてただ、祈る。

幼いころ、大司教にもらった言葉をアンリは思い出していた。

『選ばれた者には必ず役割がある。それは本人が直面してみないと分からない』

『聖職者は人を助けるために在る……覚えておくんだよ、「助けたい」と思ったその気持ちがアンリの原点だ』

（僕の、原点）

なぜ自分が天使の加護を受けたのか、なぜ自分が三つ子の親代わりになったのか、なぜランベールとともに行動するようになったのか――。

なぜ、を数えればきりがない。

けれど、いつでも「誰かの助けになりたい」という欲求があったのではないか――。


アンリはこの局面で、初めてそう思えた。

自分に自信が持てず、ランクばかりに気を取られてしまっていたこと。

無理やり連れて来られたモンスターたちを、事情を知らずに討伐してしまったこと。

自分の不注意で魔法薬入りのジュースを飲んでしまい、ランベールにすべてを背負わせてしまったこと。

悔いることばかりで、自分が嫌になる。

でもこれだけは、胸を張れるとアンリは思うのだ。

（誰かの力になりたい、助けたい、という気持ちは、誰にも負けない！）

アンリの胸元がほんのりと温かくなる。目を閉じているので分からないが、次第に全身が温もりに包まれた。

誰かの手がアンリの肩に触れた――気がした。そして、いくつもの声がパイプオルガンのように重なって脳内に響いたのだ。

『私たちの庭に、みんなを連れてきて』

目を開く。錯乱したモンスターたちを全て視界に入れて、こう叫んだ。

「天使の庭《ジャルダン・ダンジュ》……！」

数十体のモンスターたちが一斉に暖色の光に包まれ、動きを止める。

その奥で、椅子から立ち上がったモローが叫んでいた。

「まさか、天使の加護を――」

モンスターを包んでいた光が星屑のように散って、ホール内の空間をきらきらと輝かせた。

その光が収まると、モンスターたちがその場に立ち尽くしたり座り込んだりして、きょとんとしていた。まるで「ここはどこ？」とでも言いたそうに。

さきほどまでのよだれを垂らして牙を剥く姿は、どこにもなかった。

ランベールも横で唖然としている。

「まさか……この数のモンスターを一斉に完全治癒したのか……」

アンリは叫んだ。

「ランベール、今です！」

ランベールは弾かれるように床を蹴り、大きなモンスターの背中を踏み台代わりにして宙に舞う。モローめがけて剣を振り上げた。剣そのものが青く光っているので、何か技を発動しているに違いない。

一瞬遅れてモローがランベールにロッドをかざす。

宙を舞っているランベールは、魔法攻撃が飛んでくれば逃げ場がない。

アンリがすぐさまランベールに防御魔法を展開した。モローが放った閃光弾は防御魔法の膜に弾かれて、客席に向かってしまう。

（しまった！）

客席の貴族を覆う防御魔法は、モローの弟子が展開しているものだ。魔力に差があれば、弟子たちの魔法が力負けして、モローの閃光弾が貴族たちに直撃するかもしれない。

アンリはすかさず客席に防御魔法を展開し、膜を二重にした。急いでいたので強力なものではないが。

着弾した閃光弾はアンリの防御魔法を突き破ったものの、威力が弱まり、弟子の防御魔法に無事弾かれた。

同時にランベールの剣がモローに振り下ろされる。

モローの防御魔法に阻まれる……はずが、ランベールの剣は負けていなかった。

ランベールは着地した後も、モローを包む防御魔法の膜に何度も斬りかかる。

「モロー！　お前は、お前だけは、許さない……！」

青白く光っていたランベールの剣がさらに強い光を放ち、最強の魔道士とも謳《うた》われたモローの防御魔法にひびが入る。

アンリは、ランベールの身体能力を一時的に向上させる支援魔法を展開した。

さらに剣が防御魔法の膜に食い込んでいく。

「防御魔法に気を取られて、身体ががら空きではないですか」

モローはにやりと笑って、ロッドをランベールの腹部に向かって突き出した。ロッドの先端から鋭利な刃物が飛び出す。暗器《あんき》も仕込んでいたのだ。

（しまった！）

アンリが駆け寄ろうとした瞬間、背後から叫び声が聞こえてきた。

「だめーーーーっ！　あんりを、らんべうを、いじめちゃ、だめーーーーっ！」

その瞬間、背後から爆音とともに衝撃波がモローに向かって放たれる。アンリもその風圧だけで前に押し倒されるほどだ。

衝撃波は、ランベールの剣で半壊となっていた防御魔法を突き破り、モローに直撃したのだった。ドォンという破壊音と、観戦していた貴族たちのどよめきが響く。

振り返ると、ラウルの腕の中で、顔を真っ赤にしたノエルがぷるぷると震えていた。

「らんべうを、あんりを、いじめないで……ふ、ふぇえええん」

ラウルの顔を見るが「今のは自分ではない」と言いたげに首を振るので、おそらく今の衝撃波は叫んでいたノエルのものだろう。三つ子が一斉に泣いたときに部屋をめちゃくちゃにしていた衝撃波と違い、一ヵ所を目標に定めた正確なものだった。

モローはかなりのダメージを受けたようでよろめいている。その隙を見逃さなかったランベールが、腹に右拳を入れた。

ドス、と鈍い音がしたあと、モローは白目を剥いてその場に昏倒《こんとう》したのだった。

SSランクともなれば、素手の一撃でもモンスターを倒せる。生身の人間には相当なダメージに違いない。

アンリはきょとんとしているモンスターたちに、すぐさま睡眠魔法をかけた。こてん、と眠りに落ちた彼らに心の中で謝ったのだった。

（巻き込んでごめんね）

ボールゲーム場のフロアは、事情を知らない人が見れば混乱するような有様になっていた。

昏倒しているこの国の宰相、すやすやと眠る数十体のモンスター、三つ子の幼児を抱いた高位の魔族、肩で息をするSSランクの冒険者、気を失っているSランクの聖職者と、一人だけホッとした表情を浮かべる無名の聖職者――。

ランベールは、この非道な戦いを観戦していた貴族たちのもとに歩み寄ると、モローの弟子を殴り倒して防御魔法を解いた。

そして、こう言い放った。

「闇カジノに一枚噛んだお前たちは、爵位返上になると思え」

ざわめく貴族たち。数人から怒声が上がった。

「冒険者風情が生意気な口を利くな！　誰に向かって物を言っている」

「私たちはモロー宰相に誘われただけで――」

怒声に賛同するように十数人の貴族たちが騒ぎ始めた。

「恥を知れ」

ランベールは静かに、低く、言った。激しい怒りを孕《はら》ませて。

「俺が誰だろうと関係ない。領地を与えられたお前たちが、領民の努力の上に成り立った生活にあぐらをかいて放蕩《ほうとう》していただけでも失格であるのに、あまつさえ国民の命を弄《もてあそ》ぼうとしていた。それで国王から領地を預かる資格があるとでも？」

貴族たちが言葉に詰まる。

「お前になんぞに言われる筋合いなどないのだ！　薄汚い金稼ぎめ！」

一人の貴族がランベールに罵声を浴びせているうちに、フロアに十数人の男たちがなだれ込んできた。銀色の鎧に白いマント――国王直属の近衛騎士団だった。

「騎士団……！　なぜここに」

貴族が狼狽えるのも無理はない。国王しか自由に動かすことのできない騎士団がいるということは、この騒ぎを国王が知っているのと同義だからだ。

（ランベールが手配していたんだ）

アンリはラウルと一緒に三つ子を保護しながら、ランベールの手際の良さに感心する。

もうこの場は、ランベールと騎士団に任せて見守っていたほうがよさそうだ。

ラウルも姿をカラスに変えてアンリの肩に止まった。

騎士たちは貴族やモローを取り囲み、投降を求めた。騎士団長が一歩前に出る。

「国王の命令だ、全員を連行する」

貴族たちが血相を変えて弁明する。

「待ってくれ、私たちはただモロー宰相に呼ばれただけで——」

「そうだ、だ、だまされたんだ。何も知らないんだ」

拘束されたモロー宰相が意識を取り戻し、貴族たちのそばへと移動させられる。貴族たちを拘束しているそれとは違う色の縄で縛られ、手には特殊な文様入りの枷《かせ》をはめられている。魔力を封じる拘束具なのだろう。

「くそっ、離しなさいっ！　私を誰だと思っているのですか」

そう悪態をつくモローにも、ランベールは笑顔で言った。

「知ってるよ、宰相のモローだろ。無様《ぶざま》だな、さっきまで楽しそうに酒飲んで、俺が生きるか死ぬかで金賭けてたのにな」

モローがカッとなって怒鳴る。

「黙りなさい、下賤《げせん》の民《たみ》め！」

その言葉に、ランベールの正体を知っているであろう騎士団長が剣を抜こうとしたが、ランベールがその束を手で押さえた。

モローの一言で、貴族たちの怒りが再燃する。「お前のせいで」「たかが冒険者が英雄気取りで」――と。

ランベールは大きくため息をついた。

「俺をモンスターに襲わせて生きるか死ぬかの賭けをしようとしたこと、モンスターに町を襲わせて人間の生き残り数を賭ける『闇カジノ』を開催・参加しようとしたこと……お前たち全然反省してないな？」

モローがランベールをにらみつけて喚く。

「君ごときが我々の罪を騒いだって証拠にはならないのですよ。宰相や貴族である我々と、田舎のギルドでちまちまと金を稼いでいる君……どちらの証言が重いか分からないのですか？」

そうだ身の程を知れ、などと貴族がモローに同調する。

ランベールがしばらく考えて「俺だよなあ？」と騎士団長に尋ねると、彼は深くうなずいた。

「被害者ご本人であるランベール王弟殿下の証言が、ほぼ採用されるでしょうな」

その言葉に、事情を知らなかった者が全て凍り付いてしまった。

「ら、ランベール……殿下……？」

「あの、人前に姿を現さない、変わり者の……」

「国王の……弟君」

薄汚い金稼ぎ、下賤の民となじった相手が、何より、モンスターと戦わせて殺そうとしていた相手が、王弟だったと知ったモローと貴族たちが、一様に目を見開いている。

ランベールはニヤリと笑って、モローの前に屈んだ。

「そういえば、俺を暗殺して致命傷を負わせたって白状してたな。じゃあ二度も俺を殺そうとしたわけだ」

モローは「あれは弟子が勝手に」などと口にし、弟子が「ひどい」と悲鳴を上げている。

「何にせよ、もう日の目は見られないと思え。俺が王弟でなかったとしても、国民の命を弄ぼうとしたことが許されると思うな」

あれほど騒いでいた貴族たちが、一気に静まりかえる。そんな様子にランベールは情けない、と首を横に振った。

「たかが身分で、それほど大人しくなるのか。くだらない」

カラス姿のラウルが、アンリの肩からランベールの肩に移り、これ見よがしに言った。

「コイツガ魔族ニモチカケタ、魔族ト人間ノ混血児ヲ増ヤシテ私兵ニスル話モ調ベロヨ」

モローの顔は土気色になり、貴族や騎士団も驚きを隠せなかった。

連行されていく貴族たちを眺めながら、アンリは騒動にようやく片が付いたと安堵しつつも、一抹《いちまつ》の寂しさを感じていた。

(これで僕とランベールとの秘密は、もう秘密じゃなくなったのか)

アンリの足下にしがみついている三つ子たちが、アンリに尋ねる。

「あんりっ、くえすとはっ、おわったのかっ?」

「終わったよ、ジャン。たくさん怖い思いをさせてごめんね。ノエルも、リュカも。そういえば、ノエルが最後にランベールと僕を助けてくれた魔法は何だったのかな」

ノエルは涙目で「わからない」と言いながら、ポケットからあのペリドットを取り出した。

「だめってノエルがおこったら、これがアチチなったの……」

三つ子の母で悪魔公爵グレモリーの魔力が封じ込められた、黄緑色の石――。

「そうか、この石がノエルを手伝ってくれたんだね」

するとリュカが、こう尋ねてきた。

「ままが……あんりたちを、たすけたの?」

「そうだね、みんなのママが助けてくれたんだよ」

ノエルが手の平のペリドットを見つめる。その石の上に、ジャンが手を重ねた。するとリュカも。

「あんりをっ……たすけてくれて、ありがとっ……ままっ！」

最後までグレモリーを母親だと認めなかったジャンが、石に向かって礼を告げると、ノエルとリュカも次々と口にした。

「まま、ありがと」

「ありがとう、ふえぇぇえ」

三つ子たちは三人一緒に石を握り、ぎゅっと目を閉じた。

アンリは胸がきゅっと苦しくなって、泣きそうな、そして笑いそうな気分になったのだった。

さあ帰ろう、と立ち上がった瞬間だった。

——どくん。

突然、心臓が大きく跳ねて全身が痺れ始めた。

「……え？」

全身の力が抜けて、膝からがくんと崩れ落ちた。手の平を見ると、血管が紫色に染まっていく。

「なんだ……これ……」

まるで毒が回っているような——と思い至ったところで、アンリはエルネストが倒れていたホールの端を見た。

そこには床に四つん這いになりながら、ロッドをこちらに向けて呪文を詠唱している彼がいた。

（魔法薬を発動させた……？）

アンリは膝もついていられなくなり、その場に倒れ込む。

「あんり！」

リュカの叫び声で、ランベールたちが駆けつける。

おそらく手と同じように、血管が紫色になっているであろうアンリの顔を見て瞠目する。

「アンリ！　アンリ！　嘘だろ、おい、しっかりしろ」

あんなに飄々としていたランベールが、顔色を変えてアンリを抱きかかえる。

「……エルネストが……目を覚まして……」

アンリが指さす方向に、エルネストが大けがを負った腹部を抱えて立っていた。そして血走った目を細めた。

「ランベールが王弟殿下だって？　嘘だろ、信じられる？　そんなこと……」

エルネストはブツブツとそう言いながら、よろめいて立ち上がった。

「全部そいつが悪いんだ。そいつが……そいつがいなければ今ごろ私はランベールと公私ともに良きパートナーだったはずだ。きっと王宮にも招かれて、幸せな生活が待っていたはずなのに……全部、全部、こいつが！　このFランクが！　私のランベールを奪ったんだ！　こいつが死んでしまえば──」

まぶしい光と、ジュッ、という音がエルネストの台詞を遮った。

「ぎゃあっ」

直後、エルネストは悲鳴とともに床にごろごろと転がる。カラス姿のラウルが口から放った熱線に顔を焼かれたのだ。

「私の、私の顔がぁっ……！」

焼けただれた顔の右半分を手で必死に押さえ、治癒魔法をかけようとするが、騎士たちに取り押さえられた。

「離せ！　私の顔がっ、跡が残るじゃないかっ！　ひいいっ、痛いぃっ」

そんな言い訳など相手にされないまま、モローと同じく魔力を封じるロープと手枷で拘束される。

「アンリヲ殺ソウトシテオキナガラ、自分ノ顔ノ後遺症ニ必死ニナルトハ……」

アンリはそれを見て、くすくすと笑った。

「仕返ししてくれて……ありがとう、それと……殺さないでいてくれて……」

「オ前ガ嫌ガルカラナ」

ランベールがアンリの頬をなでる。

「待っていてくれ、すぐに騎士団の医師が来る」

アンリは、間に合わない、と首を横に振った。

魔法で生成された毒薬は、成分と使用した魔法を知る本人しか解毒薬が作れない。きっとエルネストも解毒薬を作っていないはずだし、脅して今から作っても一晩はかかる。

『天使のキス』なら治せただろうが、自分にだけは効かないのがこの魔法なのだ。

この感覚だと、まもなく毒が回りきって死ぬだろうと、アンリは分かっていた。

「ランベール……おねがいがあります……」

「そんな……だめだ、今際《いまわ》の際のような言い方をするな……！」

アンリは三つ子を呼んで、手を握ってもらった。

「あんり、おなかいたいの？」

「あんりっ、おかおっ、へんないろだぞっ」

「……」

それぞれが、心配そうにアンリをのぞき込む。

アンリはゆっくりとうなずいて、ランベールを向き直った。

「この子たちを……お願い……できませんか……僕の代わりに……育てて……」

最期の望み、だった。

どんなお金持ちにも任せることはできないが、三つ子たちにも温かなまなざしをくれるランベールになら、安心して託せると思ったのだ。

どくん、どくん、と不整なリズムの心拍が、少しずつ遅くなっていくのが分かる。もう時間がない、とアンリは分かってしまった。

ランベールは「いやだ」と言った。

「絶対に断る。アンリに三つ子を託されるだなんて……！　俺は……俺は……お前と一緒に、三つ子を育てたいんだよ……！」

そう言ってもらえるだけでも、自分は十分幸せ者だ。

アンリは一番の笑顔を作ってみせた。そうしてランベールの頬に手を添えた。添えずにはいられなかった。

泣いているのだ、あのランベールが。

（ああ、ランベールを泣かせてしまった。ランベールは傲岸不遜が一番似合うのに……）

ざわめきが聞こえる。誰か来たのかと思ったら、ランベールの横に白髭の男性がかがみ込み、アンリの手首で脈をとった。医師のようだ。

医師は目や舌をのぞき込むと、ランベールに向かって首を横に振った。

（やっぱり）

アンリは三つ子たちに顔を向け、こう言った。

「ランベールの……言うことを……っ、よく聞いて、自分の思う道を……進んでいくんだよ。僕はずっと……っ、そばにいるから……ね……みんなのママと一緒に……見守ってるから……ね……」

最期に掠れた声で「大好きだよ」と言って、声が出なくなった。

「あんりっ」

「あんりぃ……ふえ、ふえええええ」

「……あんり……」

三つ子たちも、グリーンの瞳からぽろぽろと涙をこぼしている。三人の頬を、愛おしく撫でながら、アンリは先ほどのランベールの言葉を反すうする。

（ランベールとリュカとジャンとノエルと、一緒に幸せに暮らす人生も、あったんだろうか……今さらだけど……）

肺が機能しなくなったのか、息がほとんど吸えない。

そんななか、突然人型となったラウルがノエルからペリドットを受け取った。

そうしてランベールに問うた。

「一つだけ助ける手段がある。これからの自分がどんな状態になっても、アンリと、この三つ子を守り抜く覚悟はあるか」

「当然だ」

ラウルが今度は三つ子に尋ねる。

「母親の姿が見られなくなるし、この石も持ち歩けなくなるが、アンリが助かるなら受け入れるな？」

三つ子たちは「はいっ」と一斉に片手を上げた。お返事は手を上げて「はい」、と教えてきたことを実践してくれているのだ。

ラウルがペリドットに何かを話しかけ、ランベールの胸元に押しつけた。

するとペリドットはまばゆい光を放ちながら、ランベールの体内に沈んでいく。まるで石が身体に溶け込んでいくように。

そうしてラウルは言った。

「これで、お前は、悪魔公爵グレモリーの『加護付き』だ」

悪魔の加護――。

アンリは呼吸できずに苦しみながらも、その言葉に目を瞠った。

アンリに天使の加護があるように、悪魔の加護があるとは聞いていたが、実際に存在したとは――。

ランベールがゆっくり目を開けると、アメジスト色の瞳がぎらりと光った気がした。

「神を信じてない俺にぴったりだな」

そう言って、唱える。

「悪魔のキス《ベゼ・ド・ディアブル》」

ランベールはアンリに唇を寄せた。

「今度は俺が、お前を救う番だ」

そう言い終えた瞬間、唇が重なる。

（ランベール……！）

重なった部分が熱くなり、全身に広がっていたしびれが、指先や爪先などの先端から順に消えていく。徐々に低下していた心拍が、どく、どく、どくと規則正しい若者のそれに戻っていく。

（ああ、そうか。僕から奪っているんだ、毒を――）

天使のキスと並んで〝幻の魔法〟と呼ばれている『悪魔のキス』は、詳細は判明していないが、特定のエネルギーを相手から奪う魔法だと言われている。

その特性を使えば、毒だって〝奪える〟のだ。そばにいた医師が「顔色が戻っていく」と驚いている。

身体の異変が全て収まり、心拍も呼吸も安定すると、ランベールの唇が離れていく。

そのままこちらを見つめるランベールが、泣きそうな顔でこう言った。

「好きだ、アンリ」

ようやく正常に戻ったはずの心臓が、また暴れ出した。

目尻からこぼれたアンリの涙を、ランベールが指ですくってくれた。

「僕もです、ランベールが……大好きです……！」

自由に動かせるようになった腕をランベールの首に巻き付けると、背中から抱き起こされて強く抱きしめられた。

「よかった……生きてくれて……！」

背中に回った大きな手が、震えていた。

「ランベール……ランベール……！」

抱き合っている自分とランベールの間に、三つ子たちがぐいぐいと入り込み、アンリに顔を寄せる。

「ノエルもあんりたすける～！」

「おれもっ、ちゅうしたらっ、げんきになるんだなっ」

「……ぼくのきすもあげる」

競い合ってアンリにキスをしようとするので、アンリは三人がキスしやすいように顔を傾けた。

「ありがとう、これでまた、みんな一緒に暮らせるね」

三人が一斉にアンリの両頬と鼻先にキスをする。

「あんり、だいすき」

と声を揃えて。

すると、突然ホールの床を突き破ってボコッと植物らしき芽が顔を出した。

「あんりと、らんべうと、ノエルたちずーっといっしょ！」

また、いくつもの芽がボコボコと出てくる。

リュカがランベールの頬にも手を添えて、こう言った。

「らんべうのなかに、ぼくたちのままも、いる」

ランベールは目を細めてうなずく。

「そうだな、俺の中で生きているのかもな。じんわりと、ここが熱を持ってるんだ」

アンリは悪魔公爵グレモリーのペリドットを取り込んだ胸元に、そっと触れる。

「あんりとっ、らんべるとっ、ままとっ、おれたちっ、ずーっといっしょだっワハハ」

三人が声を揃えて、キャッキャと笑うと、床から芽を出した無数の植物たちがぐんぐんと伸びていき、ホールの天井まで突き破る。

「うわーっ！　なんだ、助けてくれっ」

「何ですかこれはっ、わーっ、誰か私を助けなさいっ」

その伸びていく植物が、取り押さえられたモローとエルネストに絡みつく。突き破った天井から彼らを攫っていくように高く高く伸びていく。

バキッ、ドカッ……と幹の太い樹木が天に向かって伸びる様子を、誰もがあっけにとられた表情で見ていたが、一番に我に返ったランベールが叫んだ。

「全員避難しろ！　崩れるぞ！」

みんなで慌ててボールゲーム場から逃げ出す。騎士団は捕らえた貴族やモローの弟子たちを縄で引きながら。

なんとか外に出ると、富裕層のために作られたボールゲーム場がガラガラと音を立てて崩壊していった。

三つ子の魔法で現れて急成長した無数の樹木は、絡み合い、月がぽっかりと浮かぶ夜空に、大きく葉を茂らせたのだった。

騎士団の誰かが「見たこともないぞ、こんな魔法」と唖然としている。

その大樹の枝先に、蔓で身体をがんじがらめにされたエルネストがつり下がっていた。

「だ、誰か、助けてくれっ」

悲鳴を上げているが、あまりの高さに叫び声があまりこちらに届かない。さらに高い幹に逆さづりになっていたモローは、すでに気を失っているようだった。

騎士団長がランベールに指示を仰ぐ。

「あの者たちはいかがいたしましょう。拘束具で魔力を封じてはいるので、逃げられることはないでしょうが……」

ランベールは「やってくれたな、お前たち」と三つ子を振り返った。

「えっ、ノエルしてない、ジャンだよ、ふえええええっ」

「おっ、おれじゃないぞっ、リュカだぞっ」

「……ぼくじゃない、ノエルがぜんぶやった」

三人がそれぞれに責任をなすりつけようとしている。

にやりと笑ったランベールは、騎士団長にこう命じた。

「こんな夜中だから、助けようにも難しいだろう。朝まで吊しておけ」

魔道士を手配するようにも伝えていたので、一応助けるつもりはあるようだ。アンリがそう尋ねてみると、ランベールがぎらりと笑った。

「それはそうだろ、裁きにかけて死ぬより苦しい日々を送らせるつもりだからな」

アンリは彼の腕にそっと触れた。

「よかった。いつものランベールだ」

「……いつものとは？」

「傲岸不遜で、自信満々で、自分勝手な」

泣き顔なんかよりもずっと、この顔が好きだ、とアンリは思った。

失礼な、と眉根を寄せたランベールだが何かに気付いて、アンリの腰に手を回し引き寄せた。

「そう、俺は自分勝手なんだ。さあアンリ、疲れたから俺にキスしろ」

アンリはくすくすと笑って、ランベールの襟を掴んで顔を寄せた。

「『天使のキス』ですか？　僕のキスですか？」

「お前のキスに決まってるだろ」

騎士たちが捕らえた貴族をまとめて幌馬車に乗せているのをよそに、アンリはランベールにキスをする。

回復のためでもなく、毒を奪いとるためでもなく。

互いの想いを、確かめるために――。

そばにいた三つ子たちは、再びカラスの姿になったラウルの羽根で目隠しをされた。

騎士団に案内されたのは、このエリアでも最高級の宿だったが、アンリの感想は「本当にこれが宿か？」だった。

夜なので外観ははっきりしないが、月明かりに浮かぶいくつもの尖塔、豪奢な門、ダンスパーティーでもできそうなエントランスホール。

あんぐりと口を開けているアンリの横で、ランベールが「よさそうな宿だな」とうなずいている。

ランベールの長兄――つまり国王が手配してくれたらしい。

聞けば、没落した貴族の城を買い取って運営しているとのこと。

「それは宿ではなく、お城と言います！」

思わずアンリが叫ぶが、そんな叫び声を聞いても、眠りこけた三つ子は目を覚まさなかった。

アンリがリュカ、ランベールがノエル、ラウルがジャンをそれぞれ抱っこしているのだが、帰路の馬車ですっかり眠り込んでしまったのだ。

「いつもなら寝ている時間だ、今日は大冒険だったし仕方がない」

宿の人を驚かせないよう人の姿に扮したラウルが、ジャンの背中を優しく叩きながら微笑む。さすがは高位の悪魔、絶世の美男だ。宿の使用人である老若男女がその姿に頬を染めている。彼に言わせれば、容姿で人間を引き寄せてエネルギーを奪うため、人間に好かれる容姿で生まれるのは当然のことだそうだ。

案内された部屋は、寝室が二つ、応接間が一つ、従者用の部屋が一つ、そして豪奢なバスルームのある特別来賓室だった。

第一寝室の広いベッドに三つ子たちを寝かせると、三人はそれぞれ幸せそうに口をもごもごさせたり、指を咥えたりしている。離して寝かせているのに、いつの間にかころころと転がって、ぴったりと寄り添う姿が愛らしい。

「頑張ったし、怖い思いもさせてしまったから、明日は三人の大好物をいっぱい食べさせてあげなきゃ」

アンリはそう言って、リュカ、ジャン、ノエルのそれぞれの頬をぷにぷにする。

ラウルがひょこっと顔を出し、珍しく三人の寝顔をゆっくりと撫でた。そうしてカラスの姿になると、自分もベッドにどすんと居座った。

「今夜ハココデ寝ル、騒ガシイカラ出テイケ」

ラウルは黒い羽でアンリたちを追い払う仕草をする。

ランベールがにやりと笑って「じゃあお言葉に甘えて」と、アンリを急に抱き上げた。

「うわっ」

「いい酒を出してもらったんだ、俺たちは祝杯をあげよう」

「ぼ、僕は聖職者なのでお酒は」

「だったら果実水でも頼もう」

ソファにアンリを降ろし果実水を渡すと、ランベールはワインを開けて自分のグラスに注いだ。

「……乾杯」

「ええ、乾杯。今日はお疲れ様でした」

よく冷えた果実水が、アンリの喉を潤していく。

おいしい、と微笑んで見せると、ランベールが突然腕を掴んだ。

「……脈はあるな」

「どうしたんですか？」

ちゃんと生きているか不安になった、とランベールは漏らす。アンリはその手を自分の胸元へ引き寄せ、心臓のあたりに触れさせた。

「……生きてます、あなたのおかげで」

ランベールは、はーっと大きく息を吐いてグラスのワインを飲み干した。

「思い返すだけで手が震える……こんな恐怖今まで一度だってなかったのに」

そう言って、アンリの腰を引き寄せた。

「自分の瀕死のときですら、これほど恐ろしくなかった。大切な人を失うのはもう嫌だ」

嫌だ、と少し子どもっぽく漏らすランベールを、アンリは心から愛おしく思った。

「僕も……僕もです、ランベールがエルネストさんの裏切りで死ぬかも知れないと思うと、心臓がばくばくして、いてもたってもいられなくて……」

ランベールがアメジスト色の瞳でアンリをじっと見つめる。その視線はやけどしそうなほどの熱量を孕んでいるのが分かる。

アンリはそっと目を閉じた。彼の長い指が髪に差し込まれ、唇にふわりと柔らかい感触があった。

ランベールの唇は、すぐに離される。もう終わりなのか、という視線で彼を非難するように見つめると、ぐっと何かを我慢するようにランベールは目を閉じた。

そうして、ゆっくりと口を開く。

「アンリ……俺は明日から王宮に戻って、この騒動の後処理をしなければならない」

アンリはこくりとうなずく。同時に、胸がぎゅうと締め付けられた。

思いは通じ合ったものの、別れはすぐにやってくる。

(こんな日が来るのは分かっていたじゃないか……何を期待していたんだ僕は)

一緒に三つ子を育てたいと言ってはくれたのだが、相手は王弟・ランベール殿下。それは現実的に考えて難しいことだと頭では分かっていたのだが……。

(どうしてランベールは王弟なんだろう、ただの冒険者ならこんな離別の必要なんてないのに)

ぐっと目頭が熱くなる。泣いてしまえばランベールが困るので耐えようとするが、今度は鼻がツンと痛くなった。

「……そこでちょっとした提案なんだが」

ランベールは赤くなっているであろうアンリの目元に触れる。

(ちょっとした提案って何だろう、文通してくれるのかな……だったら嬉しいな。いっぱい手紙を書くのにな。あっ、あっ、もしかして定期的に会いに来てくれるとか？　うわー、そうだったらどうしよう、嬉しくて泣いちゃうな)

アンリは想像をどんどん膨らませて、期待を込めて顔を上げる。今、ランベールのアメジスト色の瞳に映っているのは、自分だけ。

ランベールは少しの沈黙のあと、アンリの瞼にキスをしてこう言った。

「結婚しないか、俺たち」

「ええ、もちろん文通――……えっ？」

人間は驚いたとき、これほど声が裏返るものなのだとアンリは初めて知った。

ランベールはアンリの頬に指を滑らせて、うっとりと語り始めた。

「式は……どこでしようか」

「えっ？」

「アンリの故郷のモンベルサルトル教会がいいな。お前の育ての親である大司教にも挨拶がしたい。三つ子たちも行ったことがないんだろう？」

「えっ？」

「……さっきから『えっ』しか言わないが、俺の話を聞いてるか？　大事な話なんだぞ」

聞いている。聞いているが、方向が想定外すぎて頭が追いついていないのだ。

「結婚？　ランベール、さきほど結婚って言いました？」

「言ったぞ。愛し合ってる者同士が共に暮らす道といえば、それしかないだろう」

何を今さら、という非難めいた表情でランベールがこちらを見つめてくる。

空気の読めない人間かのように扱われて、アンリはさらに混乱する。

「あの、ランベール、結婚はですね……ちょっとした提案って言わないんですよ？」

なぜだ、とふんぞり返るランベールに、アンリは懇々と説いた。

結婚は人生を大きく左右する大事な選択であること、ランベールは王弟であり軽々しく結婚を決めていい立場ではないこと、しかも相手が子連れの男となれば国中が大騒ぎになること——。

「男同士の結婚を国は禁じていない」

「でもほとんどいないじゃないですか、何を言われるか」

「俺たちが家族になるのに、他人の評価が必要か？」

「でもあなたは王弟なんですよ」

「身分は関係ない、俺の人生くらい俺が決める。俺は、お前と、結婚したいんだよ」

最後は怒り出した。

喜びと葛藤が、ない交ぜになってアンリを襲う。

(嬉しい、僕だってずっと一緒にいたい、でも、そんなことが許されるんだろうか)

ランベールはアンリの頬を撫でた。

「アンリの人生も、アンリが決めるんだ。俺は結婚するつもりで言っているが、断ることだってお前の権利だ」

ぎゅっと心臓が切なく収縮して、アンリの顔が火照り出す。

「そんな……嬉しいんです本当に。でも僕はただの聖職者で、家柄だってみなしごだからないに等しくて……そんな僕なんかが、ランベール殿下の伴侶になるなんて、みんな認めてくれるわけがないでしょう」

「認めてもらえないだろうから、俺のプロポーズを断る？」

ランベールはそう言いながら、アンリの頬にキスをする。

「こんなにお前のことが好きなのに？　俺に諦めろと？」

そう言って反対側の頬にもキス。

「人に、命に誠実で、優しくて、誰の手も離さない……そうやって罪人さえ赦そうとする、アンリが俺は好きなんだ。三つ子の成長を見守りながら、老いて死ぬまでアンリと一緒に暮らしたい。そんな俺の願いを叶えられるのは、アンリしかいないのに？」

今度は鼻先にキスをされる。

「たかが世の中の評価ごときで、この俺を振るのか？」

顎を持ち上げられると、視線が合ってしまった。

ランベールは笑っていた。それはそれは自信に満ちた笑みだった。

「まあ、逃がさないけど」

（僕の権利はどこへ！）

噛みつかれるようなキスに、アンリは飲み込まれる。

「……ふっ……んっ」

舌を絡められ、本当に生気でも奪われそうなほど口内を舐《なぶ》られる。

「ら、ランベール……っ」

唇がようやく解放されると、ランベールにきつく抱きしめられた。

「『僕なんか』なんて言うな……俺はアンリを心から尊敬してるよ、誰よりも優しくて清らかで、人のために命をかける。困窮していた少女も、母を天に見送った職人も、みんなお前に救われたじゃないか。俺だってそうだよ、なぜ自分を卑下する」

「ランベール……」

これまで接してきた人々の笑顔を、アンリは思い出す。彼らの笑みと「ありがとう」を思い出し、胸がほかほかと温かくなった。

（そうか、自分がしてきたことを驕る必要はないけれど、自分を支える骨組みにはしていいんだ）

それに助けたつもりの相手から、もらうものも多いのだと改めて思う。

その最たる例が、三つ子なのだ。

(僕を親にしてくれて、毎日幸せをくれるリュカ、ノエル、ジャンのためにも、そしてランベールのためにも、もっと胸を張って生きていかなきゃならないんだ)

ランベールの厚い胸板から、まだ彼の声が響く。

「お前が自分に自信を持てるまで、俺は言い続けるぞ。いかにお前がいい聖職者で、いい親で、そしていい男か。そして俺がどれほど好きか。一晩中聞かせてやる……まずは最初に出会ったとき——」

「わーーーっ、言わなくて大丈夫です、分かりました、分かりました！」

アンリはランベールの口を両手で塞いだ。ムッとしたランベールがアンリを腰から抱き上げたまま立ち上がる。

抱えられたアンリは狼狽えるが、ランベールを見下ろしてこう言った。

「迷ってごめんなさい……僕、ランベールが大好きです。きっと周囲に反対されるかもしれないけれど、ランベールと一緒にいることのほうが大切ですからめげません」

そう告げると、ランベールの口を塞いでいた手を離して、今度は自分の唇で塞いだ。

唇を離すと、彼に抱きかかえられたまま、アンリは静かに言った。

「僕と結婚してください」

ランベールはギュッと目を閉じて、アンリを抱き込んだ。

「大事にする。アンリとリュカ、ノエル、そしてジャンも……大事にするよ……」

「……はい！」

二人はもう一度唇を重ねると、そのままソファに倒れ込む。

ランベールの激しい口づけが始まる――かと思いきや、彼は何かに耐えるように拳をギュッとにぎって震えていた。

「……ランベール……？」

アンリは続きをしようと首に手を回すが、ランベールはこめかみに血管を浮かべてじっと耐えていた。

「……すまない、これ以上すると……俺はこのままアンリを抱いてしまいそうで……」

アンリだってそんなこと分かっている。子どもではないのだから。

「……僕だって……そのつもりで……」

「しかし、初めてだろう？」

それはそう。何をもって初めてというのかも分からないが、相手の性別問わず色恋の経験はゼロなのだ。

ランベールはゆっくり腰を動かし、アンリの太ももに股間を押しつける。

「……！」

あまりの硬さと大きさに絶句した。自分だって男なので分かっているつもりだったが、他人と比較したことがないので想像がつかなかった。

「戦いの後は余計に昂ぶって、歯止めがかからないんだ……そんな夜に、思いが通じ合って幸せの絶頂にいる。今夜ばかりは、優しく抱ける自信がない」

アンリを傷つけるくらいなら冷水を浴びて昂ぶりを抑えたほうがましだ、とランベールは身体を起こした。

「風呂に行って落ち着かせてくる……俺がまともな夜に、お前の初めてをくれるか？」

アンリはゆっくりとうなずいて、ランベールのキスを受ける。

ランベールがバスルームに消えると、アンリはソファにうつ伏せた。

（こんなときまで僕の身体を気遣ってくれるなんて……）

喜びと残念な気持ちが入り交じる。

でも、したかった。下半身がずくずくと疼いて、今も血液が集まっていくのを感じる。

自分だって戦闘のあとで、昂ぶりがあるはずなのだ。ランベールほどではないかもしれないが。

（優しいランベールは好きだけど……もっと……）

もっとつながりたい、と思ってしまった。

性行為をしたことがない自分に、そんな欲求が生まれるとは思ってもみなかった。

好きが膨れ上がると、触れているだけでは、抱き合うだけでは、キスだけでは、物足りなくなって、もっともっと芯から絡み合いたくなる。

（これが情愛と言うのかな……詳しい方法は分かっていないけど、本能のまま情熱のまま僕らが抱き合ったら、一体どうなってしまうんだろう……）

ドキドキ、ズクズク。感情と身体が連動したように昂ぶる。

アンリはぎゅっと拳を握り「よしっ」とソファから身体を起こした。そうしてバスルームへと向かう。

脱衣所で勢いよく僧服を脱いで、「あっ」と気付いて脱ぎ捨てた服をたたむと、バスルームの扉を開けた。

「ランベール」

バスタブに浸かったランベールが、こちらを見て硬直している。

「アンリ……お前、なんで」

アンリはずんずんと歩み寄り、バスタブに飛び込んだ。湯しぶきがランベールや自分の髪を濡らす。

そうして彼と向き合った。一糸まとわぬ姿で。

バクバクと心臓が跳ねる。ランベールの顔が赤いのも、きっとお湯だけのせいではないだろう。

「……優しくしてくれなくていいです」

濡れたランベールの黒髪が、艶やかに揺れた。

「今夜、あなたのものにしてくれませんか」

アンリはランベールの首に腕を回して、抱きついた。

全身が密着し、保湿成分の入った入浴剤のおかげで、触れた部分がなめらかに擦れ合う。

「アンリ……」

呼ばれたアンリは、正面からランベールに顔を寄せた。

「僕たち、結婚するんですよね？」

その問いかけに、ランベールは真剣な表情でゆっくりうなずく。

「じゃあ神様だって咎めません」

アンリはランベールの額に、チュッと音を立ててキスをした。勇気を出してランベールの手を、硬度を持ち始めた自分の股間に触れさせた。

「僕だって、男なんですよ……自分ばかりが興奮していると……思わないで」

ランベールはぎゅっと目を閉じると、ゆっくりと見開いた。

そのアメジスト色の眼光は、まるで飢えた獣――。

熱い抱擁と激しい口づけが、その始まりの合図だった。

「ああ、アンリ……愛している……！」

息継ぎをするたびに、ランベールがささやく。

「僕も、大好きです、ランベール……！」

ランベールは大きな手をアンリの背中や脇腹、臀部、そして太ももに這わせながら敬語をやめるように求める。

「そんな急には……ん……っ、ふっ」

激しいキスの合間に抵抗するが「結婚するんだろう？」と先ほどのアンリを真似て、要求してくる。何度も何度も耳元で「『大好きだよ』って、ほら言ってみろ」とささやかれ、その吐息すらアンリは感じてしまって、腰がふにゃふにゃになっていく。

「ふぁ……っ、ら、ランベール、大好きだよ……っ」

敬語をやめてしまうと、一気に二人の距離が縮まった気がして、アンリはさらに興奮し、股間を昂ぶらせてしまった。

「ああ……アンリ……たまらない」

ランベールはアンリの首筋にべろりと舌を這わせ、片手で湯船に浸かったアンリの臀部《でんぶ》を揉みしだく。もう片方の手は胸の飾りに触れた。

「あっ、そこは……っ」

「何？」

「む、胸は女の人みたいに柔らかくないので……触っても楽しくないから……」

アンリはもじもじと抵抗するが、その仕草でさえランベールを昂ぶらせたようで、臀部に触れていたランベールの雄がびくんと揺れた。

「恥じらうアンリも可愛いが、女体と比べる必要がどこにある？　俺はアンリだから好きなのに」

そう言うと、今度は胸の粒を舌先で愛撫し始めた。

「ああっ、えっ……えっ、うそ……ああっ……」

生まれて初めての乳首への愛撫に、アンリは混乱していた。

(俺、どうしてこんなところで感じてるの……！)

ちゅぷ……と吸い上げられると、腰がビクンと跳ねる。「ここも硬くなってきた」とランベールが嬉しそうに言って初めて、自分の乳首が勃《た》つことを知った。

激しく吸われ、時に甘噛みされることで、アンリは目の前がくらくらした。

「あっ……、どうしよ……ふぁっ……あああっ」

気持ちが良すぎて言語化できない。時折、ランベールが自分の乳首を舐りながら見上げてくるので、さらに感じてしまう。身体だけでなく視線でも愛撫されているようで。

（ああ……もっと気持ちよくなりたい……）

アンリの手が勝手に、湯に沈む自分の股間へ移動し、陰茎《いんけい》を扱《しご》こうとした。するとその手が阻まれ、ランベールが「だめだ」と意地悪なことを言う。

「だって……あ……気持ちよくて……ここが……っ」

「全部俺がするんだ……全部」

ランベールはバスタブの縁に座らせたアンリの脚を大きく開いた。

完全に勃ち上がった陰茎をまじまじと見られ、思わず手で隠そうとするが、それも許されなかった。

「あ……は、はずかし……」

脚を肩に担がれ、両手首は掴まれ、身動きが取れない状態になる。何をするかと思えば、ランベールはアンリの屹立《きつりつ》を躊躇《ちゆうちよ》なく咥《くわ》えたのだった。

「ああッ！」

身体に雷でも落ちたように、甘い痺れが走った。

（ら、ランベールが僕のを……舐めてる……、うそでしょ、うそ……！）

信じられない光景だった。あの傲岸不遜で自信満々なランベールが、さらに言うなら王弟殿下が、自分の陰茎を咥えているなんて――。

ランベールはアンリの反応を見上げながら、口淫《こういん》をする。

陰茎がランベールの唇に扱かれるたびに、アンリはびくびくとけいれんして嬌声《きょうせい》を上げてしまう。

「ああっ、ランベール、そんな……っ、あああっ、どうしよ、僕……僕……ン、気持ち……っ、すごい、熱……こんな……あ、あ、あ……だ、だめです……」

あまりの快楽に声が抑えられない。しかし己の口を塞ぎたくても、ランベールに手首を掴まれているので叶わないのだ。

ランベールが何かに気付いて、一瞬陰茎を解放する。「敬語禁止」とアンリに言い直しを要求すると、再びくちゅ……と音を立ててアンリのそれを口に迎えた。

「ふぁあああっ、だ、だめだってば、ら、ランベールぅ……っ」

同時にランベールの口淫が激しくなる。両手首が解放されたかと思うと、今度は先ほど舐められた乳首を指で弾かれる。

ぴん、と人差し指が乳首を揺らすたびに、陰茎への刺激と相まってアンリが善《よ》がる。ビクビクと腰が揺れて止まらない。

「あっああっ、溶ける……だめ……そんなに舐めたら……っ出ちゃうから……っ、あ、あ、放して……っ、出ちゃう、出るっ……！」

アンリはこみ上げる射精感を堪えきれず、そのままびゅくびゅくと吐精《とせい》してしまう。ランベールはそれも当然という表情で、アンリの吐き出したものを口で受け止めた。

「あ……放してって言ったのに……口に……出しちゃ……っ」

ひざがガクガクと震え、まだ全身に甘い痺れが残る。ランベールの口から解放されたアンリの陰茎は、鈴口から出遅れた精液をとろとろと垂れ流していた。

ランベールはそれをも「自分のものだ」と主張するように舐め取る。その刺激で、またアンリの腰が揺れるのだった。

ぐったりしたアンリを抱いて湯船から上がったランベールは、てきぱきと水気を取ってベッドに連れて行ってくれた。

（お、終わったのかな……？　でも僕だけ気をやってしまって、まだランベールが）

ランベールはアンリをベッドにうつ伏せに寝かせると、背中に無数のキスを落とした。

「嬉しかったよ、覚悟を決めて抱かれに来てくれるなんて」

その言葉に、今夜はもう終わりなのだとアンリは思った。ランベールが「優しく抱けない」と言っていたは本当だったのだ、激しい愛撫にどろどろにされてしまった。すっかり舐めていた――と思っていると、臀部にぬるりと何かが落ちてきた。

「え……」

振り返ると、ランベールが小瓶から香油のような物を垂らしている。

「アンリの覚悟、ちゃんと伝わってるから。俺も遠慮せずにもらうよ……お前の全てを」

低い声でそう言うと、アンリの腰を高く上げて、後孔に指が滑り込む。

「あ、え……あ……？」

ランベールの指がアンリの体内に埋められていく。

「ふぁ……っ？」

「安心してくれ、傷が付かないようにじっくり解すから」

「ほ、ほぐ……す、あああっ？」

ぬぷ……ぬぷ……とランベールの指がアンリの後孔を出入りする。ゴツゴツとした指だった。その節が内壁に触れているのが分かる。

「ひ、ひぇ……ふ、太い……っ」

「アンリが狭いんだよ、これを入れるにはまだ時間がかかるな」

アンリの手をランベールは自分の股間に移動させる。

初めてまじまじと見たランベールの剛直は、太さ長さともに自分の倍もあり、アンリは思わず息を呑んだ。

「こ……これが入るまで……」

「じっくり、時間をかけるから大丈夫」

ランベールはそう言って、アンリの蕾を愛撫する。

自分の勘違いが恥ずかしかった。本番はこれからなのだ。

アンリは喘《あえ》ぎながらも、ランベールの苦しそうな男根が気がかりだった。

（僕ばかりしてもらって……僕だって……ランベールに気持ち良くなってもらいたいのに）

そんなことを考える余裕は、すぐになくなってしまった。ぐりっ、と指の腹が内壁の一部を刺激した瞬間、アンリはまた勢いよく吐精してしまったのだ。

「あぁっ！　え……あ、あ……え……？」

陰茎は全く触れられていないのに、ランベールが体内のどこかを押した瞬間、堪えきれずに出てしまった。

「あ……ごめ、ごめんなさい……シーツ……っ」

はくはくと浅い呼吸をしながら謝るアンリに、ランベールは身体を寄せてキスをする。

「いいんだ、アンリが気持ちいいと思うところをもっと教えて」

「わ、分からないよ……」

「じゃあ手探りで探すしかないな」

ランベールの指がまた蠢く。いつの間にか指が二本に増えていた。

「ら……ランベール、意地悪だ……あ、ああっ」

腰だけを高く上げたうつ伏せから、アンリは抱き起こされる。今度は向き合って、ランベールの膝に乗る。

「こうすれば表情も分かるな」

アンリはランベールの首に腕を回し、中で蠢く彼の指に喘がされた。

「ぼ……僕ばっかり……気持ち良くて……ご、ごめんなさ……っ」

中への刺激に身体をねじりながら、アンリはそう詫びた。

「なにを言う、この過程に無上の喜びを感じているというのに」

ランベールはそう言って、アンリに口づけをした。

今度はアンリからキスをしてくれ、と言うので唇を重ねる。勇気を出して自分から舌を出し、ランベールの口内に差し入れた。

「ん……っんんっ……」

（舌が上手に動かない、どうしたらいいんだろう）

アンリは唇を離し、再び謝罪した。

「ご、ごめんなさい……舌がうまく動かせ……っなくて……っ」

「そんなところが、愛おしいというのに」

ランベールはアンリの舌を甘く噛んだ。

くちゅくちゅと解されていく後孔は、異物感が薄れ、同時にランベールの指から伝わる熱が心地よくなっていた。

必死にキスをしようとしている間に、ランベールが指をゆっくりと抜いた。

「あ……」

突然温かい指がなくなって、なぜだか後ろが切なくなる。

その代わりに、ランベール自身の先端が蕾にあてがわれ、ベッドに押し倒された。豪奢だが年季の入ったベッドが、ギシ……と軋む。

広げた脚の間にランベールの身体が挟まり、腰を沈めようとしている。

目を丸くして彼を見上げると、熱っぽい視線を向けられていた。

「……力を抜いてくれ、痛くしないから」

（ようやく、僕たち……つながることができるんだ）

アンリは何度もうなずいて、ぎゅっと目を閉じる。しかし、思いとは裏腹に力が入ってしまい、ランベールの身体を脚でぎゅうぎゅうに挟んでしまう。

ランベールはアンリの耳元に口を寄せた。

「アンリ……俺たち、幸せな家族になろう」

その言葉にアンリが目を開けると、ランベールが笑っていた。意地悪でも、自信満々でも、傲岸不遜でもなく、ただの〝幸福な男〟の顔をしている。

それを見た瞬間、アンリの目の前できらきらと星のかけらが散ったような気がした。

とっさに理解できたのだ、つながる理由が。

身体的に交わって達することが目的ではなく、心の結びつきを身体で悦《よろこ》ぶのだと。

アンリは嬉しかった。「幸せにする」ではなく「幸せになろう」と言ってくれたことが。

身分も経済力も戦闘スキルも、自分よりはるかに持っている彼が、対等なパートナーとして想ってくれている――そんな気がしたのだ。

「うん、幸せになろうね……ランベール」

ランベールは顔をくしゃくしゃにして笑うと、もう一度アンリの後孔に昂《たか》ぶりを添えた。

ゆっくりと入ってくるランベールの先端が、ぎち……とアンリの内壁を開いていく。

「ん……っ」

圧迫感はあるものの、じっくりと慣らしてくれていたおかげか痛みはない。それどころか——。

（熱くて、硬くて、ごつごつしてる）

ランベールが男であることをまざまざと感じて、アンリは背中がぞくりとした。

（僕の中に、ランベールがいるんだ）

体内にゆっくりと沈められていく昂ぶりが、びくびくと脈打っている。同じ男だからこそ分かる。彼は今、本能のままに突き上げたい欲望と戦っているのだ。自分を傷つけないために。

アンリは汗をかいているランベールの頬に、手を添えた。

「ランベール……動いて……」

「いや、それではアンリが」

「僕がお願いしたんだよ、今日抱いてほしいって。激しくなってもかまわないって」

アンリは両脚を、ランベールの腰に巻き付け、ギュッと彼の身体を引き寄せた。

ランベールの陰茎を、体内に無理やり埋めたのだ。ぐちっという音とともに、呼吸を忘れるほどの衝撃がアンリを襲う。

「……はっ、あ……っ……！」

ランベールも眉根を寄せて、その快楽に耐えようとする。

「なんて無茶を」

心配そうにのぞき込んでくる。

「全部……入った……ねっ……う……嬉しいな」

じわりと涙が浮かぶ。痛みのせいではなく、伴侶を得た喜びで。

「ごめんなさい、ふしだらな聖職者で。でも……いっぱい……してほしい。簡単には……壊れないから」

ランベールはアンリを見つめて、ゆっくりとうなずいた。

同時に陰茎がゆっくりと抜けていく。なぜ、と問おうとした瞬間、再び奥まで挿入された。ズクッ、と激しい音を立てて。

「は……っ！　あああっ」

衝撃を逃そうと、アンリの背が反る。ランベールはアンリの腕をシーツに縫い止めると、激しく律動した。

「あ……っ、ああ、う……ふぁあっ……！」

言葉にならなかった。ランベールの昂ぶりが内壁を擦るたび、アンリの身体をビリビリと痺れさせる。一突きごとに、体内のグラスに蜜を注がれているような感覚になる。

「ああ……アンリ、アンリ……すごい、な……身体中が敏感になって、アンリと触れている場所が全て痺れる……」

ランベールの濡れた髪が、打ち付ける腰の動きに合わせて揺れる。ランプに照らされた瞳は潤んでいて、水底に宝石が沈んでいるように見える。

香油のぬめりも手伝って、粘ついた水音とぶつかり合う肉の音が部屋に響く。ベッドが激しく軋む音も。

「ああっ……ランベール……、奥……すごい、奥まで……っ」

血管の浮いた彼の男根に、ごりごりと擦り上げられていく内壁が、何かの臨界点《りんかいてん》を伝えてくる。彼の押し入った道の腹側に、先ほど突然射精する原因となった性感帯があり、エラの張ったランベールの亀頭が何度もひっかいていくのだ。さらに先端は一番奥にまで押し入り、アンリをのけぞらせる。

熱が、肉が、魂が、それぞれ混ざり合う――そんな感覚にアンリは身体を震わせた。

好きで、大好きで、それを好きだという言葉以外でどう表せばいいのか分からないのに、想うほどに寂しさが生まれた。それを、ランベールの熱が溶かしていく。

「ああっ……ランベール、僕のなか……ランベールでいっぱい……っ」

片脚をランベールの肩に担がれると、大きく股を開いた状態になり、さらに深く陰茎が打ち付けられる。

ランベールから漂う雄の色香と、顔に似合わぬ凶暴な陰茎とその熱に、アンリは目眩と恍惚《こうこつ》を覚える。聖職者は酒を飲んではならないので未経験だが、酩酊《めいてい》とはこういう状態なのかもしれない。

(酔ってしまう、ランベールの熱に)

熱に浮かされるように、アンリは口をはくはくと動かして呼吸を整えようとするが、ランベールの突き上げは容赦なく続く。最奥まで侵入する瞬間、時折目を閉じて身体を震わせる。その汗がしたたる顎のラインが、とても扇情的《せんじょうてき》だと、アンリは揺さぶられながら思う。

「……っ、の、喉が……っ」

アンリがベッドサイドの冠水瓶《かんすいびん》に視線をやると、ランベールが乱暴に口に含んで、アンリに口うつしで飲ませた。その間も、一時たりとも離さないとでも言いたげに、腰の律動は止まらない。おかげで口の端から水がこぼれてしまった。

ランベールがアンリの身体を起こし、今度は自分の身体の上に跨《また》がらせた。馬にでも乗るような体勢に、アンリは「ひぇえ」と悲鳴を上げる。ベッドに仰向けになり、汗で額に髪を貼り付けたままのランベールは、見下ろすとなぜかさらに色っぽいのだ。

そして挑発的な目で、こちらを射貫く。

「自分の好きに動いて感じているアンリを見たい」

アンリは両手で自分の顔を覆った。

「そ……そんな、でもどうやって」

ランベールはアンリの腰を掴んで、浅く浮かせたり沈めたりする。その刺激だけでもアンリは十分喘いでしまうのだが、これを自分の好きにやれというのだ。

「で、でも……その、どう防いだらいいか」

「防ぐ？　何を？」

「あの、この体勢で僕が腰を振ると……その、い、陰茎が揺れちゃうでしょう？　見苦しいから、どうしたらいいかと……手で押さえるのかな……」

何度も射精して、柔らかくなった自分の陰茎を手で隠す。今ランベールが自分の中にある状態はうずうずしていて、確かに刺激が欲しくなって動けるものなら頑張りたい。しかし、陰茎がみっともなく揺れるのも恥ずかしくて、どうしたらいいのか分からないのだ。

その瞬間、中に埋められていたランベールの陰茎がズクと揺れた。わずかに膨張した気もする。

「あ……っ」

それにすら感じてしまって、背筋が沿ってしまう。

ランベールはアンリの脇腹や、うっすらと筋肉の張った腹部を指先で撫でながら、こう言った。

「見苦しくなんかない……そんなことを恥じらうアンリも愛らしいが。恥ずかしいなら目を閉じるといい。快楽の糸を自分で探って、動くんだ」

ランベールがアンリの腰を掴み、ゆっくりと身体の上下を促した。じゅ、じゅ……と音を立ててアンリの中にランベールが突き立てられる。

「あっ……あああっ」

(快楽の糸を……探る……)

アンリは目を閉じる。ランベールの雄と、自分の〝悦い〟という感覚に意識を寄せる。自然と腰が揺れた。まるで身体が、内壁が、どこを擦って欲しいのかを分かっているかのように。

「ランベール……ああ……、んっ、す、すごい、こすれる……っ」

ぬち、ぬち、と粘ついた音が、自分の動きに合わせて部屋に響く。身体の芯がじんじんと痺れて、快感が膨れていくのが分かる。それがいつかはじけることも、それが快楽の向こう側であることも本能が知っている。

目を開けると、自分に敷かれたランベールが切ない笑みを浮かべて、頬を紅潮させていた。

（僕の動きで感じてくれてるんだ……！）

その喜びが体内に駆け巡る。アンリは懸命に腰を動かし、ランベールの顔をじっと見る。見られている方は意地悪をされていると思ったのか、仕返しにとアンリの乳首を指でつまみ、揉み始めた。

「あああっ、だめ、いま、それ……っ」

「んー？」

善がるアンリに気付かないふりをして、ランベールはアンリの陰茎をも握った。

「ひ、ひあああ」

内壁からとてつもない快楽が押し寄せているのに、さらに四方八方から〝気持ちいい〟が押し寄せてくる。逃げ場がない。ないのに、愛し合う行為がやめられない。

アンリは身体を後ろに反らせて、腰をさらに激しく動かした。

「僕、聖職者なのに……ごめんなさい、こんなにふしだらで……でも、でも……あああ……気持ちいい……っ、ランベール、僕うれしくて……泣きそう……っ」

「俺もだよ」

ランベールは突然身体を起こして、向かい合ったままアンリを激しく突き上げた。

アンリも動くので、陰茎とその通り道がこすれ合う刺激も倍になる。

「ふぁ、ああ、あ……っ……っ……っ」

声が出なくる。

(何かがはじけてしまう、はじけたら……どうなるんだ……!)

ランベールも苦しそうな表情でアンリに深いキスをする。

「すまない、今日だけは、俺のを飲み込んでくれ……っ」

言葉で返事出来ない代わりに何度もうなずいた。チカチカと星の光が点滅するような刺激と、ランベールへの思いがあふれて止まらない。経験してきた射精感ともまた違った快楽の膨張に、アンリは怖くなってランベールの腰に再び脚を巻き付けた。

身体をさらに揺すられて、アンリはついに快楽をはじけさせる。

「あ、あ……ラン……あああっ!」

目の前が真っ白になって髪を振り乱すと、汗が玉のように散った。

射精を伴わない絶頂は、自分がこれまで知っていた射精時の快楽よりずっと、大きく長く、何度も波がやってきた。

同時に埋まっていたランベールの雄が、ズクンと震え、腹の奥にじわりと熱が広がっていく。ランベールはアンリの肩口に顔を埋めて「ああ……」とうめきながら、何度も吐き出した精をアンリの体内に塗り込んだ。

互いに息を切らしながら、痙攣や身体の火照りが収まるのを待つ。

その間もランベールが何度もキスしてくるので、アンリはそれを手で止めた。

「だめ……あんまりすると僕……また勃っちゃう……だめだ、どうしてこんなにいやらしくなっちゃったんだろう……あの、幻滅しないで、こんなはずじゃ……」

ランベールは顔をくしゃくしゃにして笑うと、また唇を重ねてきた。

ずしりと体重がかかり、そのままベッドにゆっくりと押し倒される。

その際に、耳元でこうささやかれた。

「幻滅なんてしない、モテモテえろえろの百戦錬磨だって自分で言ってたじゃないか」

初めて〝ランベールと自分がキス〟をした夜の森で、強がって口走った嘘を、アンリは思い出して「あっ」と顔が熱くなってしまった。

「モテモテえろえろの聖職者さん、もっと頑張らないと夜は長いぞ」

アンリの太ももを、ランベールがべろりと舐めて獣《けもの》のように笑った。

＋＋＋＋＋

「なあ、聞いたか？　元宰相・モローの判決が出たらしいぞ。最北端の収容所で労役《ろうえき》百二十年だと」

「おお……それは処刑された方が楽だったかもな」

ブラン・ロワール地方の公立ギルドで、パーティー募集の掲示板を見上げながら、騎士と重戦士が世間話をしている。

テルドアン王国の中でも温暖な地域にあるブラン・ロワール地方は、肥沃《ひよく》な土地に加え、農業の効率化と技術の共有などもあって栄えているエリアだ。そのため公立ギルドも規模が大きい。クエストの数も登録者も多く、いつも賑わっている。

「モンスターに町を襲わせて賭け事なんて、よく考えたよなあ。しかも王弟まで殺そうとしたんだろう？」

「そういえば、このブラン・ロワールは王弟殿下の領地じゃないか。賑わっているってことは殿下もご無事ってことだな」

「無事らしいが、もともと人前に出ない変わり者だから、死んでも行方知れずでも変わらないんじゃないか」

そんな会話を、アンリは側で聞いて吹き出しそうになった。

すると、この公立ギルドの案内人で恰幅のいいマルグリッドが、会話をしていた二人に説教をする。

「殿下の悪口を言うんじゃないよ、あの方が農地改革や酒造の規制緩和をしてくださったから、町がこんなに豊かなんだよ!」

二人がへいへい、と生返事をしていると、ギルドの扉が開いて賑やかな一行が入ってきた。

ランベールと、楽しそうに笑う三つ子たちだ。ジャンは肩車されて、リュカとノエルはそれぞれ両脇に抱えられている。

ギルドに子連れで入ってきたために、その場にいた十数人が一斉に彼を見た。

「なんだあれ」

「子連れかよ、場違いだな」

聞こえよがしに悪態をつく者もいたが、アンリの横にいた二人組は真顔で喉をならしていた。

「おい、あの冒険者、初めて見る顔だが……」

「ああ、相当の手練れだな。隙がない」

ある程度経験を積んだ登録者なら、身のこなしから実力が分かるらしい。

アンリはランベールたちに声をかけた。

「こっちだよ」

マルグリッドがアンリたちに話しかけてくる。

「あんたたち見ない顔だね、登録に来たのかい？」

ランベールが三つ子をアンリの足下にある台車に乗せると、カウンターに木札を出した。

「サンペリエ地方の公立ギルドに登録していたパーティーだ。こっちに越してきた。前に所属していたギルドのランクは加味してもらえるだろうか」

「参考程度だね、どれ……なんだ、あんたSSランクだったのかい！」

そうだが、と答えながら、ランベールは登録用紙にさらさらと必要事項を書いていく。

案内人マルグリッドの叫びに、周囲の登録者たちがざわめき始めた。

「俺と、この聖職者でパーティー登録する。子連れだが問題ない。彼もSSランクの聖職者だ」

アンリが恥ずかしそうに木札を出すと、「SSランク同士のパーティーだと……」とさらにギルド内がざわめいた。

大量のモンスターの錯乱を解き、モロー宰相の企みを防いだ功績と、複数の魔法が同時展開できること、そして幻の完全治癒魔法『天使のキス』を習得していること――これらの要素が加わり、アンリのランクが最上位に上がったのだ。ランベールの領地に引っ越すと伝えたときには、サンペリエ地方の公立ギルド関係者にとても惜しまれた。

案内人マルグリッドは書類に目を通して「ランベールにアンリね……」と手続きをしながら、何かに気付く。

「ランベール……あんたうちの領主様、王弟殿下と同じ名前じゃないか」

「そうだな」

ランベールは何でもないようにしれっとうなずく。

「親御さんがこちら出身？　殿下のお名前にあやかったのかしら。殿下は最近ご結婚されて、ますます采配が冴え渡っているとか。お相手は庶民出身で心のきれいな方だそうだよ……あんたもその名に恥じぬよう立派におなりよ、SSランクの肩書きにかまけずに！」

「ああ、努めよう」

三つ子たちがマルグリッドのまねをして「りっぱになり」と復唱している。

笑いが堪えきれないアンリは肩を震わせる。それに気付いたランベールが、黙らせるようにアンリの肩を抱いて、わざと身体を揺らした。

マルグリッドがうーんと悩みながら告げる。

「まだうちで実力を見てないから、ひとまずBランクからだね。これでもかなり好待遇だよ。今日は登録だけかい？　クエストはどうする？」

どうする、とそのままランベールはアンリに投げる。

アンリは三つ子たちを見て、うーん、と唸った後、マルグリッドにこう言った。

「お天気がいいし……キノコ採取のクエストはありますか？」

湖の畔でのキノコ採取クエストを引き受けると、アンリたちは他の登録者の視線を集めながらギルドを出た。

「ランベール殿下って人気者なんだね」

「彼女にとってはそうだったというだけだ。良く思わない者もいる。領主を誹《そし》ることで気が晴れるなら、それもいいだろう」

台車を押しながら、ランベールは肩をすくめた。

モロー宰相捕縛から一ヵ月。アンリはランベールの城に移り住み、正式に国王にランベールとの婚姻を認められた。

法律では婚姻に性別の限定はないが、ケースとしては珍しく、王族にいたっては初めてのことだった。それでも国王は――ランベールの長兄は二人の結婚を喜んでくれて、アンリの故郷、モンベルサルトル教会で開いた結婚式に駆けつけてくれた。

結婚式で国王がこう声をかけてくれたことを、アンリは忘れない。

『神も人も信じないランベールが、君だけは信じることにしたんだね』

アンリは三つ子たちとじゃれているランベールを見つめる。

「らんべーるっ、だっこしてくれっ」

ジャンが台車からランベールに手を伸ばす。アンリが台車を押し、ランベールがジャンを抱き上げた。

ジャンはふふっと嬉しそうにランベールに抱かれて、こう言った。

「……らんべーる、ままのにおいっ」

「俺の匂いが？」

ランベールがびっくりして聞き返す。

するとノエルも同意する。

「ノエルもわかるぅ、らんべる、ままのあじ」

「味？　何の味だ？」

混乱しているランベールに向かって、リュカも黙ってうなずいた。

アンリは三つ子たちの気持ちが少し分かるような気がしていた。

三つ子たちの産みの親、悪魔公爵グレモリーの加護つきとなったランベールは、たまに慈愛に満ちた表情を見せる。

それは三つ子の親になろうとしている意識もあるだろうが、それだけでは説明がつかない、心の底からこみ上げる本能的な愛のようにも感じるのだ。

ランベールには言っていないが、それはもしかするとグレモリーの魂のかけらがそうさせているのかもしれない、とアンリは思っていた。

カラスが飛んで来て、アンリの肩に止まる。

「今日ハ、クエストカ」

ラウルだった。三週間ほど前に自分の領地へ帰った彼だが、たまに会いに来ると約束してくれていたのだ。

「ああ、よく分かったね」

「報告ガ入ッタカラナ」

ちらりと台車のそばに視線をやると、半透明になったケット・シーが肉球の手で『やっ』とアンリに挨拶をした。

ラウルが不在のときには、ケット・シーが護衛兼お世話役としてそばにいてくれるのだ。普段は姿を消しているケット・シーだが、不思議なことに三つ子には居所がバレてしまうので、よく城で弄ばれている。

キノコ採取——つまりGという最低難度のクエストで、みんなでキノコを探しつつ、アンリは湖の畔にランチを広げた。冬とはいえ温暖な地域のため、日中は過ごしやすい気候だ。のどかな湖畔で、バゲットサンドを頬張る。ノエルが二つ目を頬張って、涙目で味わいながらこう言った。

「ふえええ、パンおいし～！　ノエル、おおきくなったら、パンになるぅ」

パンにはなれないがパン職人にはなれるかもな、とランベールに言われ何度もうなずいている。するとジャンが「おれはっ、ぼうけんしゃだっ」と木の枝を剣に見立てて掲げた。戦うランベールの姿に憧れたのだろう。悪魔公爵グレモリーの血が流れているので、魔力の強い冒険者になるのだろうな、とアンリは思い描く。

リュカは、と尋ねると、少しうつむいたあとにこう言った。

「ぼくは……ずっと、あんりとらんべるの……こどもがいい……」

その瞬間、ジャンとノエルもはっとした顔をして、前言撤回した。

「のっ、ノエルも！　パンやめる」

「おれもっ、おれもっ」

アンリは笑って三人を膝に乗せた。

「あのね、大きくなっても、何者になっても、みんな僕の大切な子どもだよ」

そこに「仲間はずれはよくない」とランベールが乱入し、三つ子を抱えたアンリを、軽々と自分の膝に乗せた。

「アンリとランベールの、子どもだろ」

「そうでした」

アンリが肩をすくめると、ランベールが頬にお仕置きがわりのキスをした。

「だから心配せずに、のびのびと大きくなっていいんだ。なりたいものになればいい。もしよかったら、ときどきこうやって一緒に楽しくクエストに出かけようね」

三つ子はグリーンの瞳を輝かせて「はーい」と声を揃えて手を上げた。

三人が楽しそうに歌い出すと、冬だというのに周辺の草原からポコポコと芽が出始める。また彼らの魔力がそうさせているようだ。

芽が蕾《つぼみ》へ、蕾が花へ――。そうしてあたりが一面の花畑になる。

その幻想的な風景に目を奪われているアンリに、ランベールが告げた。

「アンリもだぞ」

「……何が？」

「心配せずに、なりたいものになればいい。三つ子を育てるのに必死だったから考える余裕がなかっただろうが、今は二人で……いやラウルたちも入れるともっとたくさんの手で三つ子を育てることができるんだ。やりたいこと、あるんじゃないのか？」

風が強く吹き付け、咲いたばかりの花びらを巻き上げた。

天使の加護を受けて聖職者となった、この子たちの親になれた——それ以上何を望むのだろう、とアンリは自問する。

目を閉じると、いろいろな人の顔が脳裏に浮かんだ。

泣きじゃくる赤ん坊時代の三つ子、瀕死から目を覚ますランベール、看取られて安心した表情で息を引き取る老いた女性、母の看取りに感謝して涙を浮かべる職人、防寒着をもらって「あったかいね」と笑い合う子どもたち——。

それに気付いたことで、あっ、と声を上げてしまった。

自分が何かの職業や肩書きになりたいと思ったことはなかったが、一つだけ原動力になっていた願いがあったのだ。

「……助けになりたい。僕は困っている人の、助けになりたいな」

ランベールは一瞬瞠目したが「お前らしい」と目を細めた。

「一人の聖職者が、全ての人間を救えるわけじゃない。お前の思い上がりだ」

ランベールは、記憶をなぞるように、かつて自分が放った言葉を復唱した。

アンリも覚えている。三つ子を育てるのに手一杯で、貧困にあえぐ人々の力になれないと嘆いたときに、ランベールにそう言われたことを。

「お前が全てを背負う必要はない、それは本来、俺たち為政者がすべきことだとも言ったな、俺は」

「うん、言われたね」

膝で転がってきゃっきゃとじゃれる三つ子を撫でながら、アンリはうなずいた。

「でも、アンリは俺と結婚した。つまり為政者の伴侶になった」

アンリは目を見開いた。彼の言わんとしていることが分かったからだ。

「その願いは、むしろ俺とともに努めてもらいたいことでもあるんだ」

アンリは目頭《めがしら》が熱くなった。そして、何度もうなずく。

「力を貸してくれ。もう、ただの聖職者ではないんだよアンリ。瀕死の俺を拾って、キスをしたのが運の尽きだったな」

ランベールが意地悪に笑った。アンリも望むところだ、と微笑み返した。

「それが『始まり』だったんだよ」

「ほら、いい雰囲気だろう。今すぐ俺にキスしろ」

そう言ってランベールがわざとらしく顔を寄せる。

アンリはチュッと音を立ててキスをすると、ランベールを見上げた。

「今日は天使がお休みなので、僕のキスしかないよ」

二人が視線を合わせて、ぷっと吹き出していると、ジャンがこちらを指さした。

「あんりとらんべるっ、ちゅーばっか、してるなっ」

家族の笑い声が湖畔に響き、冬の草原にはまた次ぎ次ぎと花が咲き始めたのだった。

おわり

あとがき

こんにちは、または初めまして、滝沢晴《たきざわはれ》です。

このたびは「拾ったSSランク冒険者が王弟殿下だった件～聖職者のキスと三つ子の魔法～」をお迎えいただきありがとうございました。

異世界が舞台の冒険ファンタジー（プラス三つ子ちゃん）、いかがだったでしょうか。三つ子を台車に入れて移動する姿、書きながら「子連れ狼（古い時代劇）やん……」とツッコミを入れていました。だってそれしかなかったんですよ、一人で三つ子を移動させる便利なものが……！

好きなシーンは、ランベールが回復目的で「キスしろ」と迫って周囲を誤解させる場面です。強引で偉そうなランベールを書いているときも「あとでアンリにめろめろになるくせに」なんて微笑ましく思っていました。

今回は初めて三つ子ちゃんに登場してもらいました。キャラが書き分けられるか不安でしたが、なんと三者三様、キャラ濃いめの三歳児が誕生しましたね……。この子たち、成長したらどうなるんでしょうね。容姿はよろしすぎる三つ子になっているのでしょうけど、リュカは学校になじめるのか、ジャンは寝ぐせを直して登校できるのか、ノエルの泣き虫は治っているのか……など筆者とても心配です。(そもそも学校がこの世界にあるのか……は置いておいて)

そんな可愛らしいお目々キラキラの三つ子ちゃんや、最強の冒険者でありながらノーブルなランベール、まっすぐで人のために尽くすアンリたちを、鈴倉温《すずくらはる》先生が愛らしく美しく描いてくださいました。ありがとうございます！

またアイデアの段階から的確なご指導をくださった担当さま、本書の制作流通に関わってくださるみなさま、いつも本当にありがとうございます。

何より、本書をお迎えくださったあなた様に心よりお礼申し上げます。

今春、デビュー四周年を迎えました。まだまだ書きたいものがあふれます。正確には、この話の続きを自分が読みたいから書いている、という感じでしょうか。書きながら自分の原稿に感動して泣いちゃうという恥ずかしい現象も頻繁に起きていて、息子が飛んで来て「なんで泣いとうと？　タントーさんに怒られたと？」（博多弁）と心配されることも。

日々書ける幸せをかみしめながら過ごしています。それも読者のみなさまのおかげです。

楽しんでいただける話が書けるよう、今後も精進して参ります。

よかったら、本書の感想もお手紙やレビューなどでお寄せいただけると大変嬉しいです。

また新しい物語で、みなさまとお会いできますように。

滝沢晴

ＬＩＮＥ公式＠ｔａｋｉｚａｗａ

セシル文庫をお買い上げいただき、ありがとうございます。
この本を読んでのご意見・ご感想・ファンレターをお待ちしております。

☆あて先☆
〒154-0002　東京都世田谷区下馬6-15-4
コスミック出版　セシル編集部
「滝沢 晴先生」「鈴倉 温先生」または「感想」「お問い合わせ」係
→Eメールでも OK！　cecil@cosmicpub.jp

セシル文庫

拾《ひろ》ったSSランク冒険者《ぼうけんしゃ》が王弟殿下《おうていでんか》だった件《けん》

～ 聖職者のキスと三つ子の魔法 ～

2023年 10月 1日　初版発行

【著 者】　滝沢《たきざわ》 晴《はれ》
【発 行 人】　佐藤広野
【発 行】　株式会社コスミック出版
〒154-0002　東京都世田谷区下馬 6-15-4
【お問い合わせ】　- 営業部 -　TEL 03(5432)7084　FAX 03(5432)7088
- 編集部 -　TEL 03(5432)7086　FAX 03(5432)7090
【ホームページ】　https://www.cosmicpub.com/
【振替口座】　00110-8-611382
【印刷／製本】　中央精版印刷株式会社

乱丁・落丁本は、小社へ直接お送り下さい。郵送料小社負担にてお取り替え致します。
定価はカバーに表示してあります。

ISBN978-4-7747-6504-4 C0193

セシル文庫